Federico Luigini da Udine

Il libro della bella donna

© 2023 Culturea Editions

Texte et illustration de couverture : © domaine public
Edition : Culturea (Hérault, 34)
Contact : infos@culturea.fr
Retrouvez notre catalogue sur http://culturea.fr
Imprimé en Allemagne par Books on Demand
Design typographique : Derek Murphy
Layout : Reedsy (https://reedsy.com/)

Dépôt légal : janvier 2023
Tous droits réservés pour tous pays

ISBN : 9791041845590

IL LIBRO

DELLA

BELLA DONNA

DI

M. FEDERICO LUIGINO

A

MONSIGNORE GIOVANNI MANINI

LIBRO PRIMO

Sovvenendomi, magnanimo e generoso monsignore, quasi di continuo le alte cortesie e le dolcissime accoglienze, che per bontà vostra infinita usate di fare a ciascheduno comunemente, e massime a coloro che mostrano d'amarvi, e tenervi caro ogni giorno più, come sono io, astretto dai lacci della gratitudine, non ho potuto non ricordarmi i meriti grandi ancora, che voi cercate pure di conferirmi sempre, poco ai passati, de' quali posso dire con verità di avere ricevuto un monte, l'animo vostro splendido e reale rivolgendo; per la qual cosa n'è nato in me un desìo sì fatto, già son più mesi, di riconoscere almeno in qualche particella, se non in tutto, que' beneficj che mi avete sempre con larga mano distribuiti; chè, non potendo in, alcun modo più celarlo, mi è stato forza aprirvelo qui, e qui farvelo, quasi in purissimo specchio, rimirare.

Perciocchè, sapendo io voi poco men sin dalle fasce quasi aver avuto in sommo piacere la contemplazione di qualche bella e leggiadra donna, cosa veramente degna de' vostri pari, cioè di spiriti ben creati e gentili; insomma ho deliberato di farvi qui vedere una bellissima, e quale so ben io, che mai non vedeste addietro cogli occhi vostri, donna dipinta e perfetta da cinque pennelli di cinque perfetti ed accorti signori, che per voi, ove fosse bisogno, esporrebbono la vita ad ogni pericoloso rischio, e ad ogni prova.

Ben si converrebbe, o monsignore, che voi pagaste per guatar così bel ritratto, il che fece a molti fare Zeusi pittore sì famoso, se vollero rimirar la vaga Elena, ch'esso sì leggiadramente dipinse. Ma io per due rispetti, non voglio che voi paghiate. L'uno è che questa donna, per siffatto mezzo veduta, potrebbe chiamarsi, come l'antidetta Elena, femina di mondo; cosa che a me per ogni rispetto non dee piacere.

L'altro è che così io non vorrei a sodisfare al desiderio mio di sopra accennato, del debito che ho con la molta cortesia vostra. Non pagherete adunque, no; ma io sibbene, facendolavi vedere, scemerò con la prontezza dell'animo in qualche parte il gran numero di tanti e tanti obblighi ch'io vi tengo.

Avete adunque da saper per introduzione di poter mirare questa di perfetta beltà dotata e adorna donna, che tornato io i mesi addietro dalla villa, ove con tanti solazzi tutti dilettevoli, voi ed altri gentiluomini assai e io avevamo quindici giorni continui spesi senza punto aver da lagnarci della fortuna, e standomi una notte in letto mi parve in sonno di vedere al vostro camino il signor Giacomo Codroipo, di quella stirpe così bello e felice ramo, e il qual tutto voi somiglia in ogni sorta di virtù vera, onde se ne fa ogni dì più chiaro, e seco era il suo cognato M. Pietro Arigone, gentilissimo signore, in cui rilucono quasi tutti quei lampi, che ponno luminoso rendere un gentiluomo, ed eravi altresì l'eccellente Dottore della Fornace, che, per essere il nido della bontà, della gentilezza e della mansuetudine, vi si accompagna volentieri con essi; e così ancora vi erano altri due splendidissimi ed onoratissimi signori, l'uno il signor Vinciguerra e l'altro il signor Ladislao, de' quali il primo è più vostro che suo, ed il secondo ama per bontà sua me tanto, che a me solo, nè so io onde ciò ne avvenisse, voleva egli allora volontariamente cedere.

Ora, ritrovatisi costoro al luogo detto, dove ancora voi e io eravamo, e ragionandosi di non so che dolcemente, il signor Giacomo, interrompendo il parlare che era per andare in lungo, e tagliando il ragionamento, disse queste parole: Signori, se a voi piacesse quel che a me non dispiace, io direi qui che rea cosa non sarebbe in altro tempo differire i ragionamenti, e voi tutti venirne meco a falcone a S. Martino, ove, avendo io un luogo, il quale alcuni di voi hanno potuto più volte vedere, mi sforzerei per tre giorni (che tanti sono per trattenermi ivi) di farvi conoscere che io ho un falcone de' buoni che oggidì vivano, e che a lato a lui quel di Federigo degli Alberighi sarebbe riuscito un cappone. I giorni si spenderanno in cacciar gli aironi e le anitrelle, e qualche altro spasso; le notti poi in dolci parlari, come più a voi vedrò aggradare e dilettare. Deh, venitene dunque con esso meco, e, venendo, venite allegri.

Piacquero molto a tutti le parole del vostro parente, e dove innanzi avevamo poco in grazia di uscire alla campagna e della terra fuori, ora quasi àrdevamo tutti di ritrovarci insieme a S. Martino. Ma voi, monsignore, solo ricusavate tale andata incolpando i molti affari vostri, ne' quali eravate tutto involto, e biasimando l'empio destino, a cui non era piaciuto di far sì che, con noi venendo ancora voi, non fosse alquanto rimaso tronco ed imperfetto il bene che avevamo d'avere egualmente tutti. Alla fine, veduto voi stare duro, e ragionevolmente non vi poter venire dove avevamo disegnato, convenimmo in questo di partire noi altri, e così, lasciato voi, dopo il congedo ne andammo a casa del signor Giacomo, dove trovati in bell'ordine e in punto i cavalli, (che buona pezza di tempo innanzi erano, a ciò fare, stati mandati da lui i paggi) su vi salimmo, chi involto in pelle di cinghiale, e chi di lupo e chi di volpe per la fiera stagione, nella quale si sentiva un gran freddo: inviati poi con ciò che facea di bisogno al cacciare, speronammo i destrieri sì che arrivammo innanzi notte. Laonde, smontati, e fatti presso a un buon fuoco, il quale ardeva in una camera del palagio (quello che mi avete voi tanto commendato, e che a me parve il più bello del mondo) tutti ci ricreammo, e poi cenammo in mezzo dell'allegrezza, e in fine, per ritrovarci anzi stanchi che no, e per levarci per tempo, ci riducemmo al riposo lieti, e cantando chi madrigale, chi qualche canzonetta e chi qualche sonettino, ciascuno però in lode di colei, che più ammirava e più gli piacea.

Ma guardate bel caso, monsignore; ciascuno nel suo cantare voleva e faceva più bella la sua di tutte le altre donne, il perchè ne nacque questo, che, non potendo noi convenire con noi a comporci in modo alcuno, fu (che così piacque loro) dato il carico a me di terminare questi litigi, e udite come.

Il signor Pietro Arigone, veggendo crescere e farsi maggiore il bisbiglio fra noi, incominciò a dire così: A me parrebbe, signori e fratelli, che, avendo a trapassare noi le future tre notti che qui samo per fare in dolci e soavi ragionamenti, come ci cennò nell'invitarci a questo luogo il mio caro e buon cognato, noi fossimo contenti di formare una donna tale, quale forse non si vide giammai, cioè bella a perfezione, e che manchi d'ogni opposizione che le si potrebbe fare, cosa nel vero pur da parlarne tra noi, e degna dei nostri ragionamenti; e chi alla fine verrà a dimostrare più alla costei beltà le ricchezze e le bellezze della sua diva avvicinarsi che di qualunque altra, questi abbia vinto, e tengasi per fermo lui aver la più bella delle nostre donne, che a gara lodiamo, e ci sforziamo ciascuno per sè di farnele rimanere le più belle e le più vaghe.

Surse a queste parole il signor Dottore e disse: Bella immaginazione è stata questa del signor Pietro; ma così ancora io le nostre lite chetate non veggo, perciocchè, se non si fa un giudice il quale abbia a giudicare chi più di bellezza avvicinantesi a questa donna che abbiamo a formare scopra ritrovarsi nella sua, io veggo indeterminata sentenza, le potremmo cento mill'anni contendere così, che mai non ne verremo a capo; poichè chi non sa ch'io non cederei, che voi e voi, questi e questi (non vi sendo chi giudichi.) avesse mostro starsi nell'idolo suo più di bello e vago, simile a quello di questa madonna, che io nel mio veramente divino? Sicchè sarebbe ben fatto che tra noi vi si eleggesse uno, il quale pigliasse questo peso, e, invece di ragionare, avesse a giudicare. Così detto, tacque l'eccellente Dottore.

Allora io fui (la loro buona mercè) eletto giudice, ma non mica senza questa condizione, che, non potendo io in mia persona celebrare la mia novella signora, la signora Lucrezia Toronda, e da lei torre quel bello, che mille non una donna potrebbe perfettamente far belle, altri in luogo avesse ad esercitare questo ufficio e questa impresa.

Mentre adunque ch'io mirassi in faccia di loro ognuno per vedere qual si levasse per me, e si volesse affaticare per far chiaro che la mia gentilissima Lucrezia, stupor della natura e onor del secolo nostro, fosse la più bella, e che più si assomiglierebbe alla donna, che si dovea bellissima e senza macchia formare, ecco i signori Vinciguerra e Ladislao allontanarsi alquanto da noi, e poco dopo appresentarsi sorridendo. Al sorriso dei quali non tacque il signor Giacomo ma disse con alta voce, udendolo tutti: io so che questi gentiluomini mi ridono, perciocchè sanno di ottenere indubitatamente vittoria, ma pazienza. A queste parole quasi tutti dissolutamente ridemmo, sapendo che essi vagheggiavano e amavano due, che invero men belle delle nostre erano assai, e più si vedea in loro della bruttezza di Gabrina che della bellezza di Angelica.

Finito il riso, da che, soggiunsero i beffati, pur voi ci date la burla, noi non potendo rimanere vittoriosi, faremo altrui rimanere; e cui? rispose il signor Giacomo; Monsignore e Luigino, replicarono i due. Allora io non mi potei contenere di non baciare e l'uno e l'altro, e ringraziarneli da parte vostra e dalla mia ben mille volte caldissimamente.

Volle il signor Vinciguerra in vostra vece prender l'assunto, e in mia il signor Ladislao. Or pacificati così per un poco, quasi che non so chi di noi volse da nuovo porre intrico, dicendo che egli non parea a lui, che la bella innamorata di voi dovesse di bellezza contendere con le nostre, perchè voi non v'eravate con noi (onde n'era uscita e venuta la gara) trovato in modo alcuno. Costui non fu udito; laonde ancora voi aveste loco, e poteste, mercè delle belle parole del difensore della vostra degnissima donna la signora Ottavia Picezza, ch'è la gloria d'amore, impetrare somma grazia e sommo favore. Così adunque trovatici d'accordo incominciammo a lasciarci vincere da quietissimo e dolcissimo sonno, avendo primieramente disegnato al comparire dell'alba di levarci, e trovarci ognuno col suo falcone in pugno, e poi, trapassato in siffatto piacere il giorno, ridurci al luogo, ove eravamo allora, per dare felice principio dell'antidetta donna.

Già l'alba aveva data volta a noi, e il sole era vicino al nostro emisfero, quando, lasciate le oziose piume, e levati, e posti in ordine, uscimmo fuori alla caccia. Ma io non son per dir altro quanto spetta a quella, perché l'intenzione, che mi fe' prender la penna, me lo vieta e non vuole. Insomma tenete certo, che quinci e quindi, passando, correndo, fuggendo, e dall'uno all'altro lato attraversando, avemmo solazzo e diporto assai, e calando alla marina il gran pianeta, con grassa e molta preda ce ne ritornammo al nostro alloggiamento. Dove poi che noi e i cavalli e falconi furono con buon governo riposti, l'apprestata cena si scoperse di subito, e, cenato che noi tutti avemmo, ci accostammo al fuoco, e, recate dai famigliari le sedie, a sedere vi ci ponemmo al dintorno, dove, ragionate venticinque parole in materia della caccia e dei falconi, il signor Dottore ottore levossi in piedi e disse così: Conciossiachè il giorno sia da noi, signori, stato, come deliberammo, ispeso, e, egli passato, abbia dato ritorno la notte, io direi che la nostra bella donna non si lasciasse, ma che incominciassimo oggimai a prendere i pennelli nostri e i nostri colori, acciocchè ispendessimo anco, se non tutta, almeno parte della presente notte, secondo l'ordine dato, e la comune nostra deliberazione.

Al parlare del signor Dottore vi si cominciò intorno ad udire un concento e un plauso di tutti mostrantisi vaghi e desiosi di tal cosa, quanto era possibile di mostrarsi il più; per la qual cosa, sendo ogni cosa piena di silenzio, ed io posto in disparte alquanto per udire, e giudicare in fine chi più belle parti somigliantisi a questa donna nella sua donna essere, facesse vedere e più; ecco risorgere con licenza di tutti l'antidetto signor Dottore, il quale dopo un breve riso così ruppe il silenzio e parlò:

Poichè piace alla vostre signorie, ch'io colui sia che dia principio a questa donna, io colui sarò senza ritrarre il piede, e senza qui far divieto alcuno al cospetto onorato di voi, e così incomincerò. Egli è vero che ufficio a me più dicevole e conveniente assai sarebbe stato, se io di quello che Bartolo, Baldo, Ulpiano, Paolo, Papiniano e gli altri degnissimi legisti hanno scritto, mi avessi posto a favellare; ma nondimeno, quando ch'io mi penso d'essere con le vostre signorie qui ridotto per mezzo di consolazione e di trastullo, io scorgo bene che il ragionare anche di quelle cose, che mie non sono, come quelle, di che parlano gli antidetti dottori, non mi si disdirà, nè mi disconverrà pur un punto. Dico adunque che noi siamo a tal partito, volendo dipingere una donna senza opposizione alcuna, e senza pur un nevo, a quale si trovò il dipintore, di cui sopra n'è stata fatta menzione; perocchè disegnando egli di volere in Crotone, od in Agrigento che si fosse, fare una immagine perfetta, la qual dovea collocare nel tempio di Giunone, elesse da tutto il drappello delle Crotoniate, o pur Agrigentine vergini ignude, al cospetto di lui accolte, cinque donzelle sole di bellezza vieppiù delle altre tutte dalla Natura dotate, delle quali egli se ne avesse a servire in quel perfettissimo e singolarissimo ritratto, a questa questa parte, a quella quella parte togliendo, e al simulacro suo meravigliosamente adattandola. Ma voglia Iddio che noi abbiamo in questa impresa, com'egli, un felicissimo fine, fortunata uscita, e favorevole il cielo, di che io non ho paura e dubbio niuno, qualora solamente volgo gli occhi miei a mirare la mia, che tanto mi piace, donna bella, gentile, onesta e santa; anzi mi cresce la speme più e più ognora di farnelo rimanere scornato e inferiore, e vincernelo d'assai anzi che no.

Qui fatta un poco di pausa soggiunse l'eccellente Dottore:

Due sono le bellezze, delle quali si vede qualche uomo andare adorno; l'una è dell'animo, l'altra è del corpo. Quale sia quella dell'animo voi lo sapete, quale parimenti quella del corpo egli vi è pur troppo chiaro. Adunque imitiamo qui l'arte, scimia della natura, la quale si attacca per lo più in sul principio alle cose men perfette e men difficili, e cose pian piano trapassa alle più perfette e più difficili. Voler ritrarre una beltà esteriore, pare a me che vi sia un peso molto più lieve assai che non è quello di voler ritrarre una interiore. E però se piace a voi, piacerà a me dal bello di fuori incominciare a formar questa donna prima che da quello di dentro, il quale, alla perfezione che le cerchiamo e procuriamo di dare, è necessarissimo.

Così detto, ebbe risposta il signor Dottore quale aspettava cioè di cominciar la donna esteriormente; il perchè egli così riprese il parlar suo:

Principiando io questa donna esteriormente, dico che il principio può esser difforme, altri da questa, altri da quella parte incominciando; ma io in ciò poco mi curo, e vo' cominciare dai capelli primieramente; e siccome in prima tolgo questi, così io giudico essi in una donna la più importante parte essere di qualunque altra, che, per dire il vero, senz'ella sarebbe tale e quale senza fior prato, o senza gemma anello; ella sarebbe tale e quale una selva spogliata del suo onore, o un rivo senza il suo corso; ella sarebbe finalmente tale quale alcune volte si vede essere la notte senza le stelle, e il giorno senza il sole, che lo suole così vago e così ragguardevole far divenire a noi, che lo rimiriamo. Per questi massimamente le donne s'insuperbiscono, e vi si veggono andare pettorute e gonfie, e di qui nasce la tanta cura, che di continuo hanno di loro senza stancarsi mai, ch'essi ancora sanno quanto loro ornamento e quanto abbellimento questi sien loro, delle quali qual che si voglia una, e sia quanto vuol bella, di questi priva dispiacerà affatto; se fosse ben la dea Venere scesa dal cielo, nata nel mare, allevata nell'onde, cinta e accompagnata dalle Grazie e dalla pargoletta turba de' faretrati Amori insieme, circondata del suo cinto, spirando amomo, e spargendo intorno goccie di balsamo, la quale senza crini se ne andasse or quà or là, ella non potrebbe pure al suo Vulcano piacere; e per dire brevemente quel che io sento, io dico che alle donne tanta dignità e tanta bellezza arrecano i capelli, che, benchè d'oro, di veste, di gemme e del resto che le abbellisce si mostrino adorne, nondimeno, se non avranno quelli con bell'arte distinti, e sotto legge ridotti, io ardisco dire, ch'elleno non potranno parere ornate e belle in modo niuno. Questi crini adunque, di che noi abbiamo da ornare la donna nostra, saranno di colore che s'assomigli al forbito, puro e ben fino oro, perchè invero le saranno dicevoli vieppiù che se di altro colore essi fossero. Onde in ogni luogo per gli scrittori potete aver letto, *auree chiome, crini d'oro*, e siffatte voci: il Petrarca nei sonetti, *Onde tolse Amor l'oro*, e in quello, *Se la mia vita*, e in quell'altro, *Amor e io si pien*, e *Laura, che'l verde lauro*, e nella canzonetta, *Perchè quel che mi trasse*, e in quella sestina, *Giovine donna*, e in quella *Verdi panni*, e *Chiare, fresche e dolci acque*, e in mille altri luoghi chiaramente per mezzo di Laura, che tali gli avea, ce l'ha dimostro, che aurati debbono essere in ogni modo. Ce l'ha dimostro il Bembo nel sonetto, *Crin d'oro crespo*, e in quello, *Da que' bei crin*, e in quell'altro, *O superba e crudele*, e in ogni luogo quasi; e se non fosse ch'io così apporterei tedio a V. S., io anderei citando oltre all'Ariosto, il Sannazzaro e gli altri divinissimi spiriti, tanti poeti latini, che, veggendo fra loro tanta concordia, direste ben, che la chioma donnesca deve essere quale io la vi ho dipinta. Ad alcuni non è dispiaciuta quella, che del colore dello elettro o ambra si dimostra. Il perchè il Petrarca non tacque in quel sonetto, *L'aura celeste*, ove dice che l'ambra perde sua prova paragonata con le bionde chiome di Laura. Non ne tacque il Bembo nel sù allegato suo sonetto. Onde si legge che Nerone chiamava ambro i capelli della sua Poppea dal colore, ambro dico, il cui colore si scorge quasi simile al diafano, o trasparente oro puro, misto però con qualche parte di bianco argento. Ma perchè meno lodevoli e meno cantati sono siffatti crini, io vo', che quelli che stampano meglio il più bello e lucido metallo, che l'auro è, que' siano, come di sopra è stato detto, che hanno da adornare la testa di sì bella e compita donna, e che sieno crespi, come il Petrarca, il Bembo in alcuni luoghi de' componimenti loro sopra citati c'insegnano, e nel suo poema l'Ariosto. Ultimamente fieno lunghi, che siccome il capel brieve all'uomo è alquanto più dicevole, così alla donna viene il lungo a conferire grazia maggiore. Queste tre qualità, ch'io ho posto ne' capelli di questa donna, sono state non senza giudizio tutte in quelli d'Alcina dall'Ariosto descritti. Ora lasciando da canto che la chioma deve essere ancora folta e spessa, che siccome la spessezza e foltezza di lei accrescono grazia, così la rarità la toglie, io vengo a considerare con voi, signori, se male sarebbe questo, benchè più su parmi d'avervi fatto vedere il contrario, darle capelli fuori di legge, e farla andare con essi sopra il collo sciolti, e ricadenti or sull'omero destro, e or sul manco. Virgilio a Venere fattasi allo incontro al suo pietoso figlio Enea, che non sapeva dove si fosse, gli dà sciolti e diffusi al vento. Ma il medesimo poi a Camilla gli dà annodati, e a Didone insieme. Laonde si cava, che in amendue le foggie può parer bella una donna. Al tempo di Petrarca, che fu in quegli anni, che in Avignone facea residenza la Chiesa, si costumava in quelle parti della Francia, ove nacque la sua famosa Laura, di portare, sendo donzella, le chiome sciolte, e sendo maritata avvolte in perle, in gemme, od in altro, secondo la condizione d'ognuna. Il che non senza qualche fondamento pare, che un avveduto interprete di lui in quel sonetto, *L'aura serena*, voglia mostrare, e perciò maritata essere stata la Laura, perchè allora che fu composto il sonetto, dice il poeta ch'ella aveva legate le chiome, le quali al tempo che di lei s'innamorò, che fu secondo alcuni l'anno duodecimo, il decimo mese e il secondo giorno dell'età sua, erano sparte e sciolte. Ma questo se è vero o nò, altri più curiosi cerchino, e io tornando al lavoro e seguendo, dico, che Ovidio induce Atalanta la figlia di Scheneo comparire alla caccia d'un terribile cinghiale col crine semplice, e in un nodo avviluppato. Ma non più di questo, e la conclusione in ciò sia, che questa donna tenga e porti i capelli suoi dorati, crespi, lunghi e folti, in bionde trecce avvolti, e non già celati in rete niuna d'oro e di seta, ma scoperti sì, che ciascheduno li vegga senza maledire cosa alcuna, che li contenda agli occhi suoi.

Era, parlando, trascorso infino a qui l'eccellente Dottore, e già facevasi, quando il signor Pietro disse:

Deh, signor Dottore, non vi rincresca palesarci qual sia stata colei, la cui bellissima chioma riducendovi a mente, voi l'avete data a questa donna, che procuriamo di formare or ora caldi, come si vede, e anzi attenti che no.

A tal dimanda il signor Dottore, e per non mostrarsi scortese e duro, e per scoprire che non in vile e sozzo, ma in gentile e bel luogo aveva santissimamente collocato il cuor suo, lietamente così rispose: Fu la gentilissima ed onestissima sorella vostra la signora Ortensia Arigona, quella, signore, i cui folgoranti e biondissimi capelli veggendo io col pensiero (non li potendo con questi occhi scorgere) mi misi a porre l'idea di loro, e a donargli a questa donna nostra per tale dover essere, quando fia fornita, quale ella è, cioè da tutte le parti bella e perfetta a meraviglia.

Risero qui i compagni, e poi soggiunse dolce ridendo il signor Pietro:

Adunque voi, come chiaro qui veggio, siete il vago della sorella mia, ch'io non so come e quando d'averlo più compreso da voi; e meno da altrui; ma ben caro e dolce vi può essere l'averlomi scoperto qui alla presenza di questi signori, ch'io vi giuro di far si con essa lei, che crudele, fera ed empia; non vi sarà giammai, ma in tutti quei modi, che una gentildonna pari a lei scarsa del suo onore più che di cosa alcuna, può esser, larga e cortese per lo innanzi vi si dimostrerà.

A questo: o me beato, gridò l'eccellente Dottore, e rendè per allegrezza lagrimando mille grazie al signor Pietro, il quale, come l'amante sua ne avesse l'onore in avere i capelli della donna, avendoli pur troppo simili la sorella, che le li aveva dati, non ne fe' più conto. Ma gli altri tre furono di parer contrario, e l'uno dopo l'altro pianamente si sforzò di far chiaro apparere, che se le condizioni de' capelli concessi alla donna più minutamente si considerassero, altra donna non doveva riportare il vanto della vittoria, salvo che la sua, e questo, soggiunsero poi, con pace di qualunque si trova offeso. Non ha la mia, diceva il signor Vinciguerra, sostentando l'onore della vostra, che sua chiamava, onorata signora Ottavia Picezza, tutte le date qualità? Io non credo che Venere co' suoi bellissimi crini, possenti a smarrir l'oro, l'ambra e il Sole potesse in modo alcuno contrastar co' suoi bellissimi crini; non anderebbe di pari il biondo Apollo, e con quelli della mia, quasi purissimo specchio lucenti, e tersi, quali si potrebbono agguagliare? Disse poi il signor Giacomo: Io non mi fo a credere che mai Ninfa niuna, o Grazia, al tempo dolce dell'anno, quando per le verdi e fiorite campagne accolte van danzando, e scherzando insieme, spiegasse all'aura soave i più vaghi, i più netti e i più amorosi capelli. Ed io, soggiunse il signor Ladislao, che dirò della mia? anzi pur mia, diss'io allora, e tacqui poi seguendo lui così: Abbia ognuno di voi la chioma della sua donna per la più bella e per la più riguardevole, pure ch'io non vaneggi come voi per amore, e non guidichi torto, che torto giudicare non mi credo, non sendo l'amante di colei, che qui onoro e difendo. Ma rendo sì messer lo giudice, il perché dico non ingannato da amore, che ha in voi, come mi sono accorto, diritto giudicio spento. Che la signora Lucrezia Toronda, dove ha il rispetto con la castità suo nido, di tai capelli nativi è stata dalla Natura donata, di quali fu già mille e mill'anni donato il biondissimo Absalone, e veramente potrebbe essere, che di loro innamorato il cielo sù gli traesse, e concedesse a quegli parte vieppiù degna assai di quella, dove si stanno que' di Berenice or ora in sommo favore di lui. Avrebbe più detto, secondo l'alto mio desìo, il signor Ladislao, ma non fu lasciato, perocchè volle il signor Pietro con belle ragioni, il che è proprio di lui, che si valicasse ad altro, e qui tempo più non si consumasse.

Compito adunque il ragionare della chioma conveniente alla bella donna, e non aspettandosi altro, salvo che si levasse l'eccellente Dottore per darle qualche altra parte perfettissima, eccolo in piedi di nuovo risorto e dire:

— A me più non spetta egli, signori, di così tosto ragionare intorno al resto di questa donna, e può essere assai questo presso alle signorie vostre l'averle dato io un buon principio.

A queste parole disse il signor Giacomo: Voi mi parete assai debole barbero a tal corso, eccellente Dottore, poichè già vi dimostrate stanco, non avendo appena principiato l'arringo, e, per dirvi il vero, quello è avvenuto a noi, che io già intesi dal mio maestro di scuola essere avvenuto al cavallo d'un Sulpizio Galba, il quale avendo fuori a cavalcare e fare gran viaggio, come fu giunto alla porta per uscire, ecco cadergli sotto e tutto stenderglisi in terra, come se egli fosse stato più stracco del mondo, e avesse camminato dalla Tana al Nilo.

Bella comparazione è questa vostra per la prima, che in mezzo ci avete arrecata, gli rispose il signor Dottore, e, cosa ch'io non avrei di leggieri creduto, a tempo sereno ho sentito cadermi la gragnuola in su la testa.

Signor Dottore, voi siete troppo sottile ad intendere le mie parole così sconciamente, le mie parole semplicemente mandate fuori e senza malizia niuna, gli ridisse il signor Giacomo, quando infine l'eccellente Dottore replicògli: volete ch'io vi dica il Vangelo? Voi siete malizioso più che il fistolo, che vi venga, ch'io non dissi quasi, la fistola.

Ridemmo qui tutti. Alla fine chetati, facemmo tanto, che non fu discaro al signor Vinciguerra di prendere lo incarto su le spalle sue, e di cominciare, poi che si vide dare grata udienza, in queste parole:

Sarebbe stato mio sommo piacere, e forse più bella ventura di questa donna, se o tutte le parti che le si debbono, l'eccellente dottore, o di voi altri più saputi di me, a' quali io non sono nè di età, nè d'ingegno, nè d'autorità da essere paragonato, fosse stato alcuno che, non ricusando quest'impresa, si fosse levato a concedere un'altra o due parti in mia vece all'antidetta donna. Ma avvenga ciò che si vuole, ch'io non mi curo di nulla, purchè si soddisfaccia a voi, che mi potete mandare e per fuoco e per armi, qualora ve ne venga talento. Rendute a lui perciò grazie infinite, prese il cammino dal signor Dottore lasciato, e seguitò così: Questa donna infin'ora ha solamente i capelli avuti, ai quali io aggiungerò gli occhi e la fronte. E sappian le signorie vostre che, quantunque una bella chioma molti cuori allacci, come nel lamento d'Isabella e nelle bellezze d'Olimpia l'Ariosto, e il Petrarca nel sonetto. *L'aura celeste*, e il Beinbo in quello, *Son questi quei begli occhi*, e in quello, *Da que' bei crin*, e di nuovo il Petrarca nella canzone, *Quando 'l soave mio fido conforto*, ci hanno mostrato ben chiaro, non di meno gli occhi di una donna sono quei che più attirano e allettano l'uomo ad amare, ed a farsi servo d'amore, per giudicio mio, che ciascheduna altra bella parte e riguardevole. Laonde il Petrarca nel suo primo sonetto ci scopre, che gli occhi bei di Laura tutta vaga furono quelli che lo legarono e involsero nell'amorosa rete: il medesimo afferma Properzio; e, ditemi per cortesia, quando Cimone vide gli occhi della bellissima Ifigenia, non restò egli del tutto preso, e senza verun sentimento? Dimandate la figlia del Sole, Circe a che partito fu ella quando scorse la luce degli occhi del re Pico. Dimandate quella innamorata matrigna presso ad Apuleio nell'Asino, quando le venner veduti gli occhi del figliastro, e vederete come amore più s'asconde negli occhi che in qualunque altra parte che vi sia. Questi, per essere fra gli altri sensi nobilissimi, ha voluto l'alma natura porre in su la cima di tutti, e a tutti sovrastare. Questi, secondo alcuni, distinguono la vita dalla morte. Mancar di questi egli è una sorte più crudele di qualunque più crudel morte. Il perchè non mi sazio mai dal meravigliarmi di alcuni e di alcune, che se gli cavarono gli occhi e poterono vivere più oltre. Io non leggo mai di Tiresia, di Antipatro, di Didimo, di Omero, di Diodoro stoico, di Caio Druso, di Appio Claudio, di Sansone, di Asclepiade, di Lippo, di Annibale, di Tobia, e finalmente del re di Boemia Giovanni, che fu al tempo del Petrarca, che non mi venga una pietà di loro più che mezzana. Non bisogna andare con ragioni false sofisticando che alcuni fecero bene di privarsene; egli si vede chiaramente che fu una pazzia la loro. Oh come diversamente da questi tempi camminava Stesicoro, il quale, avendo inteso che la luce degli occhi suoi gli era stata tolta non per altro che per aver biasimato la bella Elena, subito per riaverla mutò canto, e dove di lei aveva detto male per lo addietro, incomincio per lo innanzi a dirne altrettanto bene, e così riebbe la cara cosa perduta. Ma io torno agli occhi della donna. Questi io vo' che negri sieno come una matura oliva, come una pece, come un velluto, e tali che si assomiglino a due carboni negrissimi. Questo ha piaciuto sempre ai romani ed ai greci nelle loro donne, ed ora pare che comunemente in Italia piaccia. Il Petrarca nella seconda canzone delle tre sorelle loda in Laura l'occhio nero, e in quella, *Verdi panni*. L'Ariosto parimenti in Alcina e in Angelica. Il Pontano in Fannia nel primo libro de' suoi Amori; Properzio in Cintia nel secondo de' suoi; Orazio in Lica nell'ode, il quale anche nella polemica ne parla di siffatti occhi. Il Boccaccio, se la memoria non m'inganna, della Fiammetta parlando, dice ch'avea a quei d'un falcone simili gli occhi suoi, i quali occhi sono anzi vivi che no, come noi abbiamo più volte potuto vedere. Ma qui mi sovviene quello ch'io ho letto presso un buono scrittore francese. Questi, avendo detto quel che di sopra ho io riferito, cioè che ai romani ed ai greci altresì piacque l'occhio nero, soggiunge poi, che egli non può non meravigliarsi come stia questo, che francesi e germani amino di vedere nelle loro donzelle l'occhio sereno, e, com'io credo, di zaffiro, poichè tutti i ritratti che mi sono venuti agli occhi dalle parti della Magna recati, hanno si fatti lumi in sè dipinti. Di questi occhi ne veggo fatta menzione dal Petrarca in quella canzone *Tacer non posso*. Ma stia ognuno nel suo parere; a me piacciono gli occhi neri.

Ahi, diss'io allora rivolto al signor Ladislao, come potrà mai la mia dolcissima Toronda, perfettissima opera di Natura, in questi occhi neri, avendogli ella zaffirini, assomigliarsi alla donna? Ma consolato per essere ancora questi begli occhi e famosi assai, come pure conferma nella sua lettura il Ruscelli, terrò che dalla bellezza e perfezione di lei prendano denominazione di bellissimi e perfettissimi non men questi che gli altri da voi descritti; e così il signor Vinciguerra riprese il parlar suo.

Vorrei poscia, soggiunse, che fossero non vaghi no, ma parchi a muovere e pietosi in riguardare, il che in quei d'Alcina ci dipinge l'Ariosto, e invero pur troppo bene, perchè un occhio, nel quale suole abitar l'animo e vedersi chiaro s'egli è incostante e mobile scopre poco cervello, come allo incontro molto quando però alle volte si gira e ruota dolcemente intorno e con quella pietà che si conviene alle belle vergini, alle quali se bella faccia e il tutto bello ha conceduto Natura, non però vuole ch'elleno abbiano petto ferrigno e cuore di diamante verso coloro, i quali l'hanno invece di Sole alla lor vita dolcissimo e chiarissimo.

Queste ultime parole del signor Vinciguerra giudicammo noi tutti essere state da lui dette in dimostrazione della fierezza che a voi, monsignore, avesse usato, o usasse a vostra bella e amorosa Picezza; e tanto più venimmo in questa opinione prestamente, che sapevamo lui essere nostro difensore in tener ch'ella fosse la più bella donna delle nostre, e non avere poi il medesimo bella innamorata; ma egli negò questo con dire, che dove procurava di mostrare prima e maggiore bellezza, che non è nelle nostre, essere e ritrovarsi nella nostra Diva, e che in bella donna non dee crudeltà annidarsi, egli farebbe contro sè accennando questo, e torrebbe alla donna nostra alquanto del suo bello. In fine poi disse, che ciò ch'egli avea detto allora che fu interrotto, aveva detto per tassare il vizio delle belle donne, cioè la crudeltà e non attribuirlo a quella donna, da cui esso ogni imperfezione voleva essere lontanissima.

Così detto si mise a seguire, soggiungendo: Poichè ho dimostrato gli occhi di questa donna dovere esser neri, non erranti e pietosi al guardo, io voglio anco che sieno luminosi e sfavillanti in guisa che contendere con le chiarissime stelle nel limpidissimo e serenissimo cielo scintillanti possano senza vergogna niuna. Tali erano quelli di Dafne fuggitiva; alti quelli di Narcisio, come ci scopre Ovidio; tali quelli di Laura, come ci mostra il Petrarca nel sonetto, *Amor, e io si pien di meraviglia*, e in quello, *Quel sempre acerbo*, e in altri luoghi assai; tali quei di Amaranta presso al Sannazzaro; tali quei di Antia bella innamorata di M. Tito Strozza il padre, presso al primo libro de' suoi Amori; tali quei di Sulpizia presso a Tibullo al quarto libro; tali quei di Cintia presso a Properizo al secondo; l'Ariosto in Alcina paragona gli occhi di lei iperbolicamente al Sole. Il che veggio aver fatto il Petrarca ne' sonetti, *Qual ventura mi fu*, e *I' vidi in terra*. Ma in questo vien piuttosto a preferirgli al Sole che altrimenti, dicendo:

Ch'han fatto mille volte invidia al Sole.

Le palpebre sieno degna casa di loro, cioè belle a meraviglia. Le ciglia negre come indiano ebano, e tranquille anzi che no; cosa che mostra il Petrarca aver avuto Laura ne' sopra allegati suoi due sonetti. Le sovracciglia poi, chiamate archi dall'Ariosto, saranno negrissime, sottilissime e minutissime. Ma tempo è che io venga alla fronte della donna, la quale, senza ch'io mi stia troppo ad intricare in parole, sia larga, alta, lucida e piena di divine bellezze, e brevemente tale, quale il Petrarca vuole essere stata quella di Laura nel sonetto, *Onde tolse Amor l'oro*, e quella della sua amorosa nel secondo libro de' suoi Amori lo Strozza il figlio.

Già pagato il debito e sodisfatto alla promessa, aggiunse poi al suo ragionare queste quattro parolette il signor Vinciguerra:

— Onestissima cosa pare a me, e tanto giusta del mondo che abbia ad esser questa, onoratissimi signori, che avendo io mostrato quali occhi e qual fronte si richiegga a questa donna, voi non vi lagniate in guisa niuna se io le agguaglierò gli occhi neri e ampi e pieni di bella gravità con naturale dolcezza mescolata; lampeggianti come due fuochi del cielo minori nei lor vaghi e vezzosi giri della bella Picezza, vita del nostro monsignor Manino, fondamento singolarissimo del regno di amore, e unica sostanza delle tre Grazie; se io le agguaglierò, dico, gli occhi con le vaghe palpebre, nere ciglia e sovracciglia di lei, lasciando la fronte, (nel che io so ben ch'io potrei ancor contendere e riportarne anzi onore che no) ad alcuna delle vostre, onde poi ella si pareggi all'antidetta donna.

Non riuscì l'avviso del signor Vinciguerra, perocchè tutti baldanzosi e instantemente negavano ciò doversi con ragione ammettere, e tanto più che ne cadrebbe vergogna nelle donne loro, succedendo il suo proponimento. Il signor Ladislao, che poco in questi occhi s'avviluppava, attendeva ad accordar le parti, perchè si seguisse, dicendo:

— Se gli occhi della riguardevole Picezza sono sembianti a quei di questa donna, gli occhi come il Sole proprio lucenti, e quello che per appresso dimandate voi, signor Vinciguerra, della non mai abbastanza lodata donna dell'eccellente Dottore, l'Arigona altiera, dico, non vi si disconvengono. Non vi si disconvengono gli occhi della candida Rosa del qui gentilissimo signor Giacomo, i quali soavi, anzi la stessa soavità e dolcezza, e chiari più di ogni chiarezza, hanno forza di far giorno sereno l'oscura notte. Non vi si disconvengono gli occhi della signora Ginevra da Coloreto, co' quali potè far sì, che il cuore del giocondissimo signor Pietro lasciò l'antico albergo e ricovrossi in loro, onde continuo n'escono saette fuori d'invisibile fuoco, che arde e strugge così come il Sol neve. Perchè, signor Vinciguerra, considerate bene il caso e troverete che mal fa colui, il quale vago di uno onorare, a grandissimo torto cerca di tre infamare; e tanto più fa egli male se quelli, a cui procura disonore, vengono ad essere così degni di onore come colui, cui egli vuole esaltare e a tutto suo potere innalzare. Deh piuttosto a quella guisa, che veggiamo le Alcioni racchetar le marine tempeste, le alte azioni di questi signori gelosi della fama delle donne loro, e conseguentemente veri amanti, pacificate e quietate, esponendovi nelle mani di colui, che per ciò è stato fatto giudice e non per altro da tutti noi che qui siamo.

Piacquero sommamente a tutti le parole del signor Ladislao, e così nel giudicio mio fu rimesso qual donna delle loro doveva con giustizia e ragione a quella che si formava cogli occhi, quale colle palpebre, quale con le ciglia, quale con le sovracciglia e quale con la serena fronte d'allegro spazio dante segno di purità andar di pari, oppur quale con le antidette cose tutte.

Io non negherò qui, monsignore, ch'io mi ritrovai allora avvolto in grande impaccio, e volentieri la soma avrei in sugli omeri altrui scaricata; ma pur avendo io loro già fatto vedere come il giudizio non doveva esser precipitoso, ma riposato e maturo, a persuasione mia contentaronsi ch'egli sì differisse infino che fosse data intera perfezione alla donna, che allora non solamente si giudicherebbe di ciò, ma ancora delle altre tutte parti, e così agevolmente ne apparirebbe quale fosse delle loro donne la più bella e la più vaga.

Così ridotte le cose, e prolungato e tramutato il giudizio, che si doveva fare di particolare in universale, ch'egli adunque si segua l'impresa, disse il signor Giacomo, e non si stia a perder più tempo. Oh! lieve perdita è questa, soggiunse il signor Vinciguerra. Non mica, rispose l'eccellente Dottore; perocchè non si può ristorare, ma ben più grave sarebbe stata la nostra con voi, e delle nostre con la donna che difendete, se perdevamo. E che? credete di guadagnar con meco? replicogli il signor Vinciguerra; non sapete voi qual sia il mio nome? Sì, lo so, ridisse a lui il signor Dottore, e proprio per questo io e gli altri speriamo di vincere con voi, perchè tutto dì udiamo un nano chiamarsi Atlante, un moro, cigno, una picciola e storpiata donzella Europa, i cani pigri e per l'antica scabbia pelati e leccalucerne Tigri, Pardi, Leoni, e se qualche cosa è che più terribile sia.

A queste parole stette mutolo, ma sorridendo il signor Vinciguerra, e venne presso al signor Dottore per vedere, dacchè egli era stato pungente come il tribolo nel parlare, se aveva lo scillinguagnolo in bocca. Il che avendo noi preveduto, credemmo di smascellar per le risa, e facemmo sì, che non ne fu altramente accorto il signor Dottore. Compite le risa, e non facendo motto nè cenno alcuno della compagnia, il signor Giacomo e gli altri vollero che per cortesia fosse contento il signor Pietro di seguitare, e egli, poi che alquanto ebbe tenuto a terra chinato il viso, tutto festevole incominciò:

— I crini il signor Dottore, gli occhi con non so che aggiunta e la fronte il signor Vinciguerra, e io vi darò perfetta la testa di questa donna, se le signorie vostre non si graveranno d'udire, e di prestarmi per poco spazio, che poco spazio chieggo, le purgatissime orecchie loro.

Tacendo tutti e tutti mostrandosi intenti:

— Dal naso, soggiunse il signor Pietro, prenderò del ragionamento mio principio. Questo, se io non erro, riguardevole è tanto in noi animali razionali che per avventura non si estimerebbe giammai; e siccome finte treccie le donne, e gli uomini capelli trovano alle volte per servirsene, e altresì gli occhi, così n'ebbe di quelle già e di quelli, e forse n'ha in qualche luogo ora, che senza vero naso veggendosi, appararono un modo di così ben attaccarne un falso in quella vece, che vero e naturale egli potè a qual uomo, che vi riguardò e pose cura intorno, apparire anzi che no. Gli Egizj per pena del commesso adulterio volevano, e chi sa che oggi parimenti vogliano, che l'adultero fosse stranamente flagellato, e l'adultera senza naso ne rimanesse, nè per altro se non perchè la faccia sua in quella parte venisse a farsi deforme e sozza, nella quale massime suol bella e vaga a' riguardanti mostrarsi. Questo adunque, che si dee dare alla donna, fia per la mia estima picciolo, che invero un grande deforma assai una donna, come mi sovviene d'aver già letto, al tempo ch'io era scolare, in Orazio alla seconda satira; in Mario Equicola in quell'opera ch'ei fece della natura dell'amore; e, se ben io ricordo, poco fa nell'Ariosto, dove parla delle bellezze d'Alcina; fia, dico, picciolo e graziosamente locato in tanto, che Momo ne lo possa lodare, e l'invidia non emendare. Ora spedito così brevemente dal naso, stendo a farvi vedere quali devono essere le guance di questa donna. Le guance di questa donna saranno tenere e morbide, assomigliando la loro tenerezza e bianchezza con quella del latte, se non in quanto alle volte contendono con la colorita freschezza delle mattutine rose. Empiranno di vaghezza gli occhi, che le mireranno; se vermiglie e bianche insieme verranno a figurare quelle della vergine e cacciatrice Dea dei boschi, qualora ella si giace e si riposa dopo l'aver perseguito e cacciato i fuggitivi vivaci e ramoruti cervi, le damme imbelli, i cavrioli leggeri e i timidetti lepri. Piaceranno sommamente se si scoprirà in loro il bianco giglio e la vermiglia rosa, il purpureo giacinto e il candido ligustro; e finalmente se sieno tali quale n'è data a vedere talora l'aria, ove gelata al suo antico soggiorno incomincia prima a correre l'aurora, e indi a poco, levato il sole, oggimai imbiancarsi, e divenire candida e tutta neve. Tali non spiacquero all'Ariosto, ove scopre le bellezze d'Alcina. Non spiacquero al Petrarca nel sonetto, *Io canterei d'amor*, e alla canzone, il cui principio è: *In quella parte*. Non spiacquero al Sannazzaro nelle bellezze di Amaranta. Non spiacquero a messer Ercole Strozza nel secondo de' suoi Amori. Non spiacquero a messer Fausto Andrelino nel terzo de' suoi, e finalmente a niuno, ch'io mi sappia, giammai.

Così detto, e pensato un poco:

— Alla bocca con vostra licenza trapasserò, soggiunse il signor Pietro. Questa di picciolo spazio contenta, viene non poco di grazia ad una vergine a porgere, e però in Dafne fugace picciola la pone Ovidio nel primo delle sue Tramutazioni; picciola in Polissena nel terzo decimo delle medesime; Virgilio altresì nel primo della sua Eneide picciola la dà alla dea degli amori Venere bella; picciola alla Fiammetta la dà il Boccaccio; picciola il Bembo nel suddetto luogo ad ogni damigella che vaga vuole apparire. Ma le labbra, ove lascio io? Queste piacque al Boccaccio, pur parlando della Fiammetta, di rassomigliare a due vivi e dolci rubinetti; e al Bembo all'antidetto luogo ai medesimi, ma aventi forza di riaccendere desìo di baciargli in qualunque fosse più freddo e svogliato. Piacque al Sannazzaro di agguagliarle alle mattutine rose nell'allegato sonetto di sopra, anzi di preporle. Agli Strozzi, padre e figlio, delle sue belle donne parlando, non spiacque il medesimo. Il Petrarca contentossi nel secondo capitolo della Morte farlene simili, parlando della sua Laura così:

... poi mise in silenzio

Quelle labbra rosate insin ch'io dissi.

Altri, come Ovidio, le stesse labbra, o pur le gote hanno paragonate al porfido; ma insomma non vi è differenza nel colore, ch'egli è tale nel porfido quale ne' rubini e nelle rose. Ora è da vedere quali devono essere i denti di questa bellissima donna, della quale se nel parlar mio vi pare ch'io troppo mi affretti stasera per ispedirmene, iscusimi appo voi il non essere naturalmente io lungo e tedioso nel mio, ragionare; iscusimi il signor Dottore, che ha favellato lungamente e il signor Vinciguerra, benchè l'uno e l'altro divinamente, iscusimi l'ora tarda, e vicina oggimai di posarsi.

Queste quattro parole traposte nel suo ragionamento seguì poi il signor Pietro:

— Il Petrarca, nel sonetto *Onde tolse amor l'oro*, e in quello *Non pur quell'una bella*, e in quell'altro, *Quel sempre acerbo*; l'Ariosto, nelle bellezze d'Alcina, il Sannazzaro in quelle di Amaranta, e parecchi altri scrittori, che, per esser breve, qui non allego, vogliono e sommamente lodano in una donna denti simili a perle. Denti simili a perle essere stati que' della sua ci mostra il Bembo nel sonetto, *Crin d'oro*, denti d'avorio commenda l'antidetto Petrarca nel dialogo ch'ei fa della rara bellezza del corpo; gli commenda nella sua Diva messer Ercole Strozza nel secondo de' suoi Amori; gli commenda messer Ortensio Lando nella gentilissima boccuccia del morto pidocchio di frate Puccio.

Queste parole mandate fuori così, ridendo alquanto e sogghignando, dal signor Pietro fecero sì, che di noi non fu pur uno che non ridesse e sogghignasse insieme con esso lui, il quale poi così riprese a dire:

— Della carissima signora e animosa Zenobia io mi credo ben che le signorie vostre molte e molte cose abbiano perinfinora letto, ma io non so, e forse che sì, se questa giammai.

E quale è questa cosa di questa reina d'Oriente? disse qui il signor Ladislao. Questa, gli rispose il signor Pietro, che molto è al proposito nostro: Che ella, come scrive il Petrarca nel dialogo de' dolori de' denti, fra le altre sue bellezze ebbe così bei e così candidi denti, che a' riguardanti, qualora avveniva ch'ella parlasse o ridesse, pareva che la sua bocca fosse ripiena non di denti no, ma di bianchissime margarite; e che dirò della figlia del re di Ponto Mitridate, la quale si legge aver avuto le filze e gli ordini di denti gemini e doppi? che di Prusia re della Bitinia, o, per dir meglio, di suo figlio, a cui la Natura, cosa che d'alcun altro non mi ricordo mai di aver letto, concesse invece de' denti di sopra un sol dente uguale a tutti quei di sotto, cioè un osso steso dall'una all'altra mascella, e non già senza vaghezza? Resterebbemi a dire, volendo del tutto attendere alla promessa, del mento di questa donna, e delle orecchie, il che fatto, fornita si troverebbe la testa di lei, ma non veggendo io farsi menzione da scrittore niuno di queste due parti, isforzerommi di pagare il debito col dire che elle devono esser simili a quelle, delle quali infinora se n'ha ragionato assai, cioè riguardevolissime e vaghissime in ogni modo.

Qui pose fine al suo ragionare il signor Pietro, e volle, non ricusando ciò il piacevolissimo e veramente gentile suo cognato, e meno noi altri per esser l'ora assai tarda, che fosse in piacere di tutti l'andarsi ognuno oggimai a riposare, che la sera poi seguente si tornerebbe alla intralasciata donna ed agli intralasciati ragionamenti di lei.

FINE DEL LIBRO PRIMO

LIBRO SECONDO

Noi veggiamo oggidì con gli occhi, monsignore messer Giovanni, e tocchiamo, come si usa dire, con la mano, che delle cose principiate tanto è grato non pure all'uomo, ma ancora agli altri animali, privi di ragione e d'intelletto di vedere il mezzo e poi la fine. Che quello e questi non si veggono cessare mai dall'operare infin che non hanno le cose l'ultima e debita perfezion loro; e ciò ne accade vedere più sovente assai, e con maggiore verità allora quando il principio felicemente da tutte le parti si mostra di essere riuscito.

L'uomo ricco incomincia un ampio e magnifico palagio ottimamente, e veggendo bello e vago il fondamento, non può, tirato dal desìo di vederlo fornito, non fare che non s'affatichi per vederlo quanto più tosto e possibile perfetto. Un pittore, se egli da qualche bellissimo esempio ha rapportato già in carta o in asse vagamente la testa di qualche figura antica o moderna che si voglia, come può non ridurre a fine la sua pittura e il suo leggiadro lavoro? Degli animali bruti chi è che dubiti non avvenire il simile? Per la qual cosa, trovandoci noi ancora d'avere poco più che principiata nel precedente libro la donna nostra, e d'averla lasciata, come già più di mille e mill'anni lasciò per morte la seconda Venere che dipingeva a' suoi Coi il tanto famoso e celebrato Apelle imperfetta e non compiuta, strano desìo avevamo tutti ne' cuori nostri di vedernela fornita, e di non lasciarnela così andar male poi che succeduto gloriosamente n'era il bel principio, e sofferto per lei avevamo alquanto di fatica, se fatica o non piuttosto sommo piacere si dee nomare quello che intorno a lei avevamo speso di tempo.

Laonde, partorito il giorno dal Sole, e illuminato il monte e il piano, levammo veloci, e, giratici intorno co' nostri falconi, pigliammo, mercè del buono del signor Giacomo, e di quello del signor Pietro, anitre e aironi assai. Venuti poi per tempo alquanto al palagio simile a quello di Alcina, di Logistilla, di Atlante, d'Adamo, e della fata Manto descritti dall'Ariosto, simile a quello del Sole appo Ovidio e della Fama, e simile a quello di Psiche appo l'Asino d'oro di Apuleio, ci ristorammo con delicatissime vivande, e il rimanente del giorno, che tornammo a casa per giudicio mio di luce ancora tre ore, passammo a certi giuochi dilettosi e dolci.

Ma venuta l'ora della cena, e cenatosi poi indi a poco realissimamente, furono gli scanni tosto appresso al fuoco portati dai servitori, e, invitatici noi a vicenda ad appressarviglisi, vi ci appressammo quasi ch'io non dissi a prova l'un dell'altro. Ove così radunati per comune consentimento, piacque a ciascuno di fissare gli occhi di dentro alla testa intralasciata della donna, e guatando tutti lei molto per minuto e per sottile, ecco udirsi una voce del signor Dottore, tale:

— Leggesi, onorati signori e compagni, che costumava Apelle, del quale solo volle Alessandro il Magno esser dipinto, di esporre agli occhi del popolo le opere sue, acciocchè, udendo poi da questo e quello gli errori e le pecche di loro, in questa guisa le potesse far del tutto perfette e naturalissime; il che usando così di fare venne in tanta eccellenza poi, che a voler lui lodare secondo il merito e secondo che si conviene, bisognerebbe accorre tutte le lodi di quei che oggi sono dipintori famosi, e furono mai per l'addietro, e donarle a lui, e così donate, confessar poi ancora di non poter aggualiare con parole, e giugnere in modo niuno all'altissimo segno della perfettissima virtù sua. Il perchè faremo gran senno ancora noi se, prima che trapassassimo alle parti restanti di questa donna, considerassimo un poco diligentissimamente, se così sguardando lei, vi potessimo ritrovare pecca o menda alcuna noi stessi, dacchè non abbiamo altrui che ci avvisi e ci faccia chiari. E così guardinghi, venuti in questo accordo noi, e stando in quest'avviso, trovammo averle dato somma perfezione, ma pure essere stati poco scaltri nelle tempie e nella collottola, le quali due cose le venivano a mancare. Laonde, concedutele e datele tosto, convenimmo che si dovesse seguire l'impresa senza più dimora.

Al che fare, alzato in piedi il signor Ladislao,

— Io non so, - disse - quando ch'io mi abbia mai veduto cortesia in alcun gentiluomo, tanta quanta io veggio di continuo nel signor Giacomo, il quale, pregato dalle signorie vostre ieri a parlare dopo l'eccellente Dottore, quando egli n'era degno per ogni ragione al pari d'ognuno di voi, non volle mai accettar la maggioranza ma rifiutatala fece che il signor Pietro ancora rifiutolla, e se non eravamo tutti addosso al signor Vinciguerra, io non so come passavano le cose nostre allora. Dipoi combattè tanto col cognato, che gli fu forza per sodisfazione e sua e nostra di prendere il terzo luogo. Ora, egli e io soli, fuor solamente messer lo giudice poichè egli altrimenti non ha da favellare, siamo rimasi a parlare ordinatamente di questa donna; e volendo io, come giusta cosa mi pare, udir lui in prima, e dargli luogo, vedete come si mostra schifo di tale offerta; ma egli n'ha da avere uno scongiuro e uno sforzo or ora tale, che contra non potrà, ch'io mi creda, in guisa niuna prevalersi. —

Tacquesi a queste parole il signor Ladislao, e poi soggiunse così:

— Signor Giacomo, per l'ardentissimo amore che mostrate tuttodì di portare a quella bianchissima Rosa, la quale non hanno tutti i giardini del mondo, io vi prego che vogliate esser contento stasera innanzi a me di cominciare a dire sovra la materia della donna quanto a voi fia in piacere e in grado, e nulla più.

A ciò, la risposta del signor Giacomo fu questa, essendosi col viso verso lui, che gli aveva parlato, dolcemente rivolto:

— Voi avete trovato un bel modo di vincermi, e vi so dire che un altro simile non trovereste in cento mill'anni. Per quella candidissima ed adoratissima Rosa adunque, per la quale voi mi avete pregato, anzi sforzato a qui far le vostre voglie, e per la quale io non posso negare nulla a chi per lei mi prega, io sono più che contento di ragionare della incominciata materia con esso voi e con questi altri gentiluomini, amici e signori miei.

Così risposto, con un viso mezzo ridente egli incominciò:

— La gola vi si dee per mio giudicio in prima supporre a questa testa da ogni parte compiuta. Il perchè la vorrei di colore di marmo tale quale mi ricorda d'avere non so se letto o udito dire ritrovarsi nell'Isola di Paro, cioè candida sì, che candidezza maggiore non apparisse nè in cigno, nè in giglio, nè in armellino, nè in neve.

— Pur mo' scesa dal cielo? — disse qui il signor Vinciguerra, — ha egli nevicato forse?

— No, — gli rispose il signor Giacomo, — ma voi non m'intendete. Io dico, ch'io vorrei che la gola di questa donna fosse vieppiù bianca che non è la fresca e ancora intatta neve fioccata nuovamente dal cielo.

— Ah! — rispose l'altro — ora v'intendo, — e fece che qui noi altri ridemmo alquanto, infin che il signor Giacomo riprese a dire:

— Simile gola commenda in Amaranta il Sannazzaro e altri assai, dei quali ora non mi sovvenendo il nome, io verrò al collo che bianco più che latte dice essersi ritrovato in Laura il

Petrarca nella canzone che comincia: *In quella parte*; d'avorio fu quello di Narciso, come già lessi in Ovidio.

— Oh! come è vero, — gridò trapostosi qui pure il signor Vinciguerra, — ch'egli l'avesse d'avorio? Questa è simile alla favola di Pelope, di cui Virgilio, nel terzo atto della Georgica, Tibullo al primo delle sue colte elegie, e il medesimo vostro Ovidio al sesto delle Trasformazioni ne fanno menzione, nella quale dicono, che avendoli Cerere mangiato l'omero sinistro in quel convito, che l'empio e crudele Tantalo fece agli Dei, glie ne restituì uno d'avorio, cose del tutto vane e di niun segno di verità colorite. O che voi non siete in buon senno, o che mi avete stasera tolto a darmi le beffe, signor Vinciguerra, gli disse il signor Giacomo, seguendo poi:

— Quando ch'io dico che Narciso ebbe il collo d'avorio, io non intendo, come voi, ch'egli l'avesse veramente d'avorio, ma bianco come avorio, e così vuol essere inteso Ovidio. E il Bembo altresì, quando nel sonetto *Crin d'oro crespo*, dice in lode della bianca mano della donna sua, così:

Man d'avorio, che i cor distringe e fura;

D'avorio fu quello della diva dello Strozza il figlio, come egli testifica nel secondo de' suoi Amori. Quel che ne dice l'Ariosto nelle tanto allegate bellezze di Alcina, egli ci è chiaro. E però io vo' che proprio sia tale il collo di questa donna, quale fu quello. Ora scendiamo più giù un poco, e veggiamo di darle un seno che le si convenga. Questo sarà candido, come fu quello di Laura, per testimonio del Petrarca in quel sonetto, *Amor e io sì pien di meraviglia*, e come fu quello dell'amorosa di messer Ercole Strozza, che ne lo loda egli nel su allegato suo luogo; sarà bello e tale che si possa dire degnamente angelico, il che piacque al Petrarca nelle canzoni: *Quando il soave mio fido conforto; Chiare, fresche e dolci acque*. Ma che si dee dire delle Coppe, o mammelle che le vogliamo chiamare? Elle fieno, come a me pare di dirittamente giudicare, picciole, tonde, sode e crudette, e tutte simili a due rotondi e dolci pomi. E tali l'ebbero Amaranta appo il Sannazzaro, e la garzonissima Sabinetta appo il Bembo? Dell'Ariosto mi taccio, che io so bene che egli non si allontana o diparte dal parere di costoro. E meno il Boccaccio nel suo Laberinto d'amore, dove parlando di quei due bozzacchioni, che così appella le poppe di quella vedova tanto da lui maledetta e punta, dice che già forse acerbi pomi furono a toccar dilettevoli, e a vedere similmente.

Qui giunto, il signor Giacomo tacevasi, quando il signor Dottore risguardandolo disse:

— Egli mi pare che mi si è scoperta bella occasione, signor mio, di potervi rendervi pane per ischiacciata. Perocchè, s'io non m'inganno, il fine del parlar nostro tanto è lontano dal principio e il principio dal fine, quanto sono i piedi, oppure gli occhi nostri l'uno dall'altro. Ma so ben io quel che è. Nei falli nostri noi siamo l'uccel di Minerva, e negli altrui veramente quel di Giove. Laonde con gran giudicio Prometeo, avendo formato l'uomo, gli attaccò in spalle due bisacce, delle quali quella di dietro figurata per la nostra era piena di delitti, e quella d'innanzi figurata per l'altrui era scema, e vota di loro.

A tali parole il signor Giacomo levando:

— Eccellente Dottore, disse, poichè la mia semplicità impetrarmi grazia e perdono appo voi non ha potuto, e che mi avete pure voluto mordere e trafiggere, io (cosa che non avete fatto voi, e che è pure di magnanimo, come potevate imparare dal gran Giulio Cesare, il quale di nulla scordar si solea, salvo che delle ingiurie fatteli) qui lo vi perdono, e non voglio gareggiar con esso voi, di cui la disgrazia mi sarebbe tanto discara quanto saprei dire il più. Ma sono ben certo che se vostra eccellenza avesse saputo l'amore ch'io le porto, ella mi avrebbe iscusato, e si saria temperata in ogni modo nel parlare ch'essa mi ha usato. Ma ritornando alla donna nostra, dico ch'io era poco fa, se di memoria non pecco, occupato nella qualità delle poppe, e avendovi io divisato quali elleno debbono essere in lei, convenevole cosa sarà per mio parere ch'io mi volga ora alle spalle e alla schiena. Quelle all'uomo, ove larghe e spaziose egli le viene ad avere, essere dicevoli ce lo scopre al secondo della Eneide sotto la persona di Enea il gran Virgilio; e benchè io non abbia autore per la donna, nondimeno, se in ella fossero tali, io non le direi nè le appellerei brutte, e massimamente se io le vedessi terse e belle, e dritte appresso, come voglio ch'elle sieno, e ch'elle vi si trovino. Questa poi sarà anzi vaga che no, quando ai riguardanti si mostrerà da ogni parte leggiadra e dolce, e morbida sì, che di pianamente percuoterla, e come Amore insegna, appunto loro ne verrà voglia e talento. Delle braccia poi, per venire a loro, non picciola bellezza scorgerassi se delicate, grossette e dolci al tutto fieno e gentili, come quelle di Laura alla canzone che incomincia, *Sì è debile 'l filo*, e se saranno il che voglio che sia in loro, di quel potere delle medesime, il quale ci è noto per quel sonetto, il cui principio è, *Da più begli occhi*, non potranno non essere bellissime e di somma e perfetta beltà adornate; ma questo non avverrà così agevolmente se prima elleno non avranno in sè la purissima candidezza di quei della bella Amaranta nel Sannazzaro, e delle non indegne compagne e amiche tutte di lei. A queste sono congiunte le mani, delle quali, volendone io parlare, dico ch'egli mi piacerebbe stranamente di vederle bianche. Laonde il Petrarca nella su allegata canzone tali le pone in Laura, e nel sonetto *Orso, e' non furon mai*. Le vorrei, dico, tanto bianche che di bianchezza si appressassero all'avorio, come il Bembo nel così spesso addotto sonetto, *Crin d'oro crespo*, mostra d'averle avute la sua bella innamorata; così vengono ad essere belle e meritare un cotal titolo, il quale ebbero quelle di Laura gridando il Petrarca: *O bella man*. Le vorrei sottili, ciò togliendo pure dall'antidetto nelle due volte citata canzone, e lunghe, in ciò seguendo Properzio nel secondo, che siffatte scrive essersi ritrovate in Cintia; e messer Ercole Strozza pure nel secondo de' suoi Amori, il quale aggiunge un meraviglioso candore essersi potuto vedere in quelle della sua Diva ancora. Vorreile tenerelle, e tutte pulite sì, che le dita loro potessero contendere con quelle di Bacco, alle quali rassomigliò quelle di Narciso Ovidio, ed esse poi belle mani far d'invidia molta ir piene Giunone, Venere e la casta sorella di Febo, come scrive messer Tito Strozza il padre aver potuto fare quelle della sua pura e vaga Anzia; vorreile grassette e senza vene apparenti; vorreile finalmente colorite e rosate alquanto, e l'unghie delle belle dita somiglianti a perle orientali; il che appare in quel sonetto poco fa citato essere suto in Laura.

Ora tempo mi pare di trapassare ai fianchi, i quali senza alcun dubbio, a voler essere riguardevoli, bisogna che sieno anzi rilevati che no; e l'Ariosto, nel bello di Olimpia occupato, disse, *i rilevanti fianchi*, e nella *Cassaria*, commedia di lui così intitolata, dove parla del grandissimo studio che ànno le donne di abbellirsi, in rilevarsi nei fianchi, disse. *I castigati fianchi*, dice lo Strozza messer Ercole, parlando della sua donna nel citato luogo di sopra. Quanto spetta alle anche io mi spedirò, con una parola tale, ch'io vo' che sieno belle e quali furono quelle di Olimpia, di cui ragionando pure l'Ariosto, dopo l'aver detto de' fianchi, e *le bell'anche*, disse poi. Del ventre, che al ventre posso oggimai valicare, dirò questo, che egli dee esser netto, anzi nettissimo e tutto piano, onde l'Ariosto pure d'Olimpia vaga parlando, *E netto più che specchio il ventre piano*, diss'egli. Sarà ancora gonfio, che così amo meglio di vederlo, che quale si scorge nel Moreto di Virgilio aver avuto Gibale ancella del vigilante e faticoso Similo, cioè compresso e attratto, il che nelle donne non è dicevole, ma sibbene e piuttosto biasimevole viene egli ad essere appo qualunque buono conoscitore delle donnesche e bruttezze e bellezze.

Quivi così ragionando pervenuto il signor Giacomo, e raccogliendo nella memoria prestamente quello che dire dopo questo dovea, prima ch'egli parlasse incominciò a sorridere seco stesso, il che veggendo noi, che tuttavia attendevamo ch'egli pur dicesse, ce n'accorgemmo perchè, e volendo ch'egli oltre passasse con dire quali dovevano nella donna essere le altre parti restanti, il signor Ladislao levossi, dicendo:

— Onorati signori, gli uffici, non le discrezioni dar si dicono. Egli mi par tempo ch'io cominci oggimai l'ultimo corso, e ch'io, non il signor Giacomo che assai finora ha favellato, e vi si può contentare, abbia a finir questa donna esteriormente; che, se li piacerà poi, e a vostre signorie insieme di correre ancora e di parlare della medesima materia, restaci campo assai di ciò poter fare, vi so dir io, e l'argomento vi si mostra ampissimo.

— Ah! — rispose qui il signor Giacomo a lui, — non rinnovellate, caro signor mio Ladislao, quell'iniquo e poco lodevole costume degli antichi, il quale a coloro che pigliavano a difendere le cause prescriveva il tempo della difesa, come ancora agli accusatori il tempo dell'accusa, dato loro, e concessi gli oriuoli d'acqua, la quale consumata, e a goccia a goccia furata, vietava ad essi il dire, onde le cause poi così si venivano a precipitare il più delle volte per lo picciolo spazio che si dava loro; non lo rinnovellate, dico, per cortesia, e non permettete ch'io mi trovi ora a que' termini, ora ch'io sono in sul mostrarvi quali una per una devono essere della donna nostra le parti con le parole e con l'animo riscaldato. Senza che io non sono aratore, per così dir più acconciamente che oratore.

Non potè a queste parole non rendersi il signor Ladislao, e contentarsi di quanto piacque al signor Giacomo, il quale dopo il vinto impedimento e ostacolo del suo ragionare, in questa guisa si pose da nuovo a seguire:

— Al luogo, onde tutti noi venimmo al mondo, già mi trovo arrivato così passo passo ragionando, e prima ch'io vi scopra come egli mi ha da piacere in questa donna, io dirò con licenza di voi ch'io non posso meravigliarmi assai onde ciò sia, che sendo egli il nido del piacere, e bello quantunque si voglia, tutte le donne femmine usino di nasconderlo e celarlo a noi a tutto suo potere. Noi veggiamo ciò appo l'Ariosto in Ullania e nelle compagne. Noi il veggiamo in Fotide appo l'Asino d'oro d'Apuleio. Egli ci è chiaro per Diana da Atteone colta con tutta la sua schiera ignuda nelle chiare acque appo le Trasformazioni di Ovidio. Egli ci è chiaro per Olimpia appo l'antidetto Ariosto. L'abbiamo appo il Petrarca nella gran canzone. E leggendo io, benchè altra cagione ci mostra Ovidio, che Tiresia fu cecato da Pallade da lui veduta ignuda, come piace a Properzio al quarto libro, a Seneca nella tragedia intitolata Edipo, al Poliziano nell'Ambra, nella Nutricia e nelle sue Miscellanee, e finalmente all'Ariosto in un capitolo che incomincia, *De la mia negra penna* ecc., mi penso che ciò n'avvenisse non per altra cagione, se non per averla così ignuda contro la sua volontà sguardata e scoperta, cosa che spiace stranamente alle donne per non volere che degli uomini alcuno miri l'antidetto luogo, cui di coprire tanta cura mostrano di avere, che insino sul morire non la lasciano le generose e veramente donne. Per la qual cosa leggo appo Ovidio, che Polissena, di cui si ricordò il Petrarca al sonetto, *In tale stella*, giunta al punto della morte non la lasciò. Leggo appo Giustino che Olimpiade, madre del grande Alessandro, con la testa e co' capelli isforzossi di velare questo luogo morendo. Veramente la Natura ha qui operato in modo, ch'io le vederei, s'io potessi, volentieri nel seno per poterne cavare ragione di ciò che mi soddisfacesse e mi acchetasse un poco. Ma quando ho bene il mio pensiero in questo stanco, io trovo che per ciò ella tale istinto nelle donne ha posto, perchè fra i loro membri ha voluto questo disonesto e quello onesto chiamarsi, e però questo scoprirsi e quello coprirsi; e di qui è che la testa, quasi membro onestissimo, il più delle volte si mostra ignuda, come le mani ancora ed altre parti; ma quelle che sotto il ventre si celano, quasi disoneste si vengono da noi a celare, e velare il più altresì, da noi dico, perchè noi ancora abbiamo questo naturale, e non le donne pure; onde il divino Agostino al quartodecimo della città di Dio dice, che tutte le genti talmente hanno in uso e in costume di celare le parti vergognose, che alcuni barbari le vengono a coprire insino nei bagni o con brache o con che si sia. Appresso i romani i giovani che in campo Marzo ignudi si esercitavano, queste parti secrete scoprivano. Ma se di questa cosa la ragione antidetta è buona, e vi pare non indegna di essere accettata per buona, come si potrà dire che o queste cotali parti sieno più sozze nelle donne che ne gli uomini, o che nel sesso loro vi si richiegga più onestà e vergogna che nel nostro, quando la medesima Natura ha fatto sì, che per caso e mala sorte annegato un uomo e insieme una donna, quegli giace resupino in mare e questa rivolta col ventre in giù? Ma lasciamo di dire più in tal materia, e torniamo onde pur ora ci partimmo.

Io aspettava, disse qui il signor Pietro rivolto al signor Giacomo che voi ne faceste menzione di quel proverbio che si usa contro coloro, che non fanno pure niente differenza fra l'onestà e la disonestà. Il proverbio è che questi cotali non sanno quanta sia la differenza fra il capo e la natura così dell'uomo come della donna.

Ed io, disse poi l'eccellente Dottore, aspettava ch'egli ci recasse in mezzo quello che de' nostri primi parenti avvenne, i quali, avendo disobbedito l'Altissimo, subito si accorsero d'essere ignudi e mostrar le vergogne, le quali poi con foglie vennero a coprire così al meglio che poterono.

Noi veramente, soggiunsero gli altri due, aspettavamo che sua signoria per esempio ci adducesse Omero, il quale nell'Odissea induce Ulisse appena campato dall'ira del furibondo mare ridursi sotto un albero ignudo nel paese di Alcinoo, oggi nomato Corfù, e quivi, nascondendo le secrete parti, esser vagheggiato dalla figliuola del prence chiamata Nausicaa.

Oh! rispose il signor Giacomo, poteva e a me e a voi insieme bastare quanto io avea detto, e che' egli era pur così. Ora mostrata anco di ciò la ragione veniamo finalmente a vedere l'antidetto luogo, e a considerare un poco quale egli dee essere in questa bellissima donna. Sarà adunque picciolo e poco fesso, ma sì lascivo, giocondo ed amoroso che oltre misura venga a piacere ai riguardanti, se a riguardanti sia concessa tal grazia, il che non mi piace, poichè Natura il viene, e sia quanto vuol bello a nascondere. Gli porremo adunque, che l'abbia a coprire, oppure ad ombrare, un velo di sottilissimi fili tessuto e d'ogni intorno d'oro e di seta fregiato, perchè altrimenti simile e convenevole a lui non mi parrebbe. Vo' che stampi proprio con la vaghezza sua e sua somma beltà un giardinetto, quale agli occhi nostri, ove la dolce, candida e vermiglia primavera a noi ritorna, e si sente per le campagne l'usignolo dell'antico infortunio lamentarsi, è dato talora di potere rimirare, e così rimirando godere in tanto che i nostri spiriti grandissima ricreazione ne prendono. Questo non dispiacque di dire all'Ariosto in lode di quello della bella Angelica, ch'egli si assomigliava pure ad un giardino vago e fiorito, ove ciò che vi è dentro noi veggiamo partorire in noi non so che, che ci tira e alletta a vagheggiare solamente lui, e solamente lui avere in bocca, e di lui solamente parlare. Vo' che si giudichi e creda da ognuno ivi la grazia essere nata, ivi cresciuta ed allevata, e ivi felicissimamente starsi e godersi. Alle altre parti deretane è tempo da ritirarsi, le quali nè ampie nè picciole m'han da piacere, ma partecipanti tanto dell'uno quanto dell'altro, che in vero egualmente reca ad una donna disgrazia, e le disdice quando ella si mostra o troppo gonfia e naticuta, o troppo scema e quasi senza natiche. Orazio può avere l'uno e l'altro nella seconda satira accennato in una parola, ma oggi il volgo solo il vuole ben naticuto, e quinci è, come dice il Boccaccio nel suo Laberinto d'amore, che quella vedova, di cui abbiamo di sopra fatta menzione, delle due cose che studiava di far che in lei fossero pienamente vedute, questa era l'una che voleva che si vedesse in sè, cioè le natiche ben sospinte in fuori, così giudicando non poca parte di bellezza ad una donna aggiungersi. Ma stia ella e il volgo nel suo parere, ch'io starò nel mio volentieri. Alle colonne d'alabastro, sulle quali tutto quello di che ho parlato, quasi un bellissimo edificio si siede, e stassi, io dico le belle coscie, ora è da volgere il parlar mio, delle quali che dovrò dir io alla presenza delle signorie vostre? Veramente e' mi pare meglio, come di Cartagine disse lo istorico, tacere di loro che dirne poco; pure non mi rimarrò per ciò che io non dica, che elle debbono essere morbidette, lascive, tremanti e piene di tutto quel bello che in somma e perfetta bellezza le ponno ridurre, e tali alla fine che vi si possa pensare, non dalle mani di Fidia o di Lisippo famosissimi scultori, ma da quelle della Natura solo, in ciò vieppiù dotta di alcun di loro quando ella vuole, essere state fatte e uscite.

Fermossi qui alquanto il signor Giacomo, poscia disciolse di nuovo la lingua in queste parole:

Già s'incomincia a vedere la meta dove io ho da arrivare correndo, alla quale poichè io pur sono vicino, egli non bisogna cessare dal corso, ma piuttosto affrettarmi più. Il perchè dico che le gambe, alle quali così partitamente ragionando mi trovo d'esser giunto, denno trovarsi in quella guisa formate in questa donna, nella quale vi si vede una marmorea colonna, cioè rotonde in lungo e non altramente; così ,Orazio la vuole in una donna nel secondo de' suoi carmi, il quale non pare che in un bel fanciullo le rifiuti là nell'Epodo ancora. Se così vi si vedranno, appariranno anzi molli, delicate e succose che no, e conseguentemente belle e riguardevoli. Biasima nel suo Moreto Virgilio le gambe in Cibale, di cui è stato di sopra detto, sottili e ossute, e poi la pianta ancora larga e spaziosa de' piedi, ai quali scendendo, voglio che nella donna nostra bianchi come quelli di Tetide si veggano, alla quale d'argento gli dà 0mero, e di neve Stazio per la eccessiva loro candidezza. Voglio, per ispedirmene in una parola, che ella tali li abbia quali in Alcina commenda l'Ariosto, cioè brevi asciutti e rotondetti.

Qui si trattenne e tacque il signor Giacomo, fine a un tratto e al suo ragionare e alla donna esteriore imponendo; ma dubitando noi di qualche imperfezione, e opposizione che le si potesse fare, incominciammo tutti a minutissimamente e diligentissimamente adocchiarla, e mentre in ciò fummo occupati, e spendemmo tempo assai, non potè fare il signor Pietro che non usasse queste parole, e levato in piedi non parlasse così:

Leggesi che Zeusi pittore, avendo dipinto Elena, come di sopra vi è stato detto, non stette ad aspettare il giudizio altrui, ma subito disse: Non è cosa disconvenevole e vergognosa ai Troiani, e manco ai Greci per simil donna soffrire mille e lunghissimi travagli, perocchè chi con occhio discernevole guarderà lei, giudicheralla pur troppo degna d'essere paragonata con le eterne Dee. Noi, se io diritto giudico, possiamo con ragione usare qui le ultime sue parole e dire, che questa donna nostra tanto bella di fuori si può aguagliare giustissimamente con le Dee, e con quali Dee poi? Veramente con quelle che bellissime e ignude nel colle ideo Paride felice pastore ebbe a mirare; e se di queste ancora a qual più ella si rassomigli vorremo considerare, agevolmente troveremo che a lei, che lieta n'andò del pregio, per cui arse e cadde Troia; io parlo di Venere bella. Se ben ora que' due cotanto famosi ritratti di lei, che fece Prassitele nobilissimo scultore, si trovassero al mondo, e quello massimamente che egli vendè agli abitatori di Gnido (il quale per la sua somma e non mai abbastanza lodata perfezione potè a sè trarre molti e molti peregrini vaghi di vederlo, e di sè accendere e invaghire uno siffattamente, che la notte si giacque seco), nondimeno chi di noi è che' amendue questi ritratti pareggiati col nostro, non giudicasse di grandissima lunga restarnegli inferiori ed essere veramente men belli e men vaghi? Chi, di noi è, signori, che s'egli si potesse vedere quel divinissimo di Venere sorgente dal mare, il quale l'ingegnoso e grazioso Apelle con tanta arte fece, e poi il divo Augusto dedicò nel tempio di Giulio Cesare, non tenesse per fermo lui rimaner vinto, e vincitore il nostro? Io sono più che sicuro che, se il medesimo Apelle avesse data perfezione a quello che voleva ai suoi compatrioti fare più bello dell'antidetto, e di cui solo potè fornire politissimamente il capo ed il petto (posto terrore a tutti i dipintori di quel tempo sì, che non fu pur uno che avesse avuto ardire di succedere a lui e fornirlo) non sarebbe riuscito in guisa tale che potuto avesse degnamente porsi a fronte e aguagliarsi col nostro? Ma vogliamolo, prima che ad altro si venga, vestire o no?

L'eccellente Dottore rispose:

— Negare non si può che, come dice l'Ariosto, una beltà talora non accresca un bel manto; ma il più delle volte se ne vede il contrario, e di qui è che il medesimo, parlando della bellissima e vaghissima Olimpia, disse e cantò questi leggiadrissimi versi:

Ma nè sì bella seta, o sì fin oro

Mai fiorentini industri tesser fenno,

Nè chi ricama fece mai lavoro,

Postovi tempo, diligenza e senno,

Che potesse a costei parer decoro,

Se lo fesse Minerva, o 'l Dio di Lenno.

Poi non abbiamo noi chiaro il parere anco di Plutarco, il quale dice: Una donna ignuda bella è più bella che di porpora vestita; senza che ci avvisa nel suo Asino d'oro al secondo Apuleio molte ritrovarsi che, per dimostrare il suo bello e per piacere più ignude che coperte d'oro, si spoglian tutte le vesti e la camicia ancora. Laonde mi ricorda d'aver letto che Frine meretrice, chiamata una fiata in giudizio e temendo di rea ventura, alzò le vestimenta suso e mostrò ignudo il corpo, per la bellezza del quale commossi i giudici, le diedero libera andata, e così rimase sciolta da ogni intrico. Vedete che ciò, che oprare non valsero le bellezze delle vesti, di che si può credere ch'ella, ch'era ricchissima, andasse superbamente adorna, oprarono quelle delle scoperte e ignude mostrate carni. Nè tacerò qui l'esempio di Candaulo altresì, il quale, come narra Giustino, avendo ad un suo amico nomato Gige ignuda mostrata la bellissima sua moglie, fu cagione che Gige, di lei innamorato e agramente acceso, uccise lui, e lei tenne per sè insieme col regno. Il che non avvenne giammai finchè egli la vide vestita. Il perchè, a conchiudere, io direi che, se le signorie vostre facessero per mio consiglio, elleno non dovrebbero in modo niuno cercare di vestire questo ritratto di leggiadra donna, avendo io così chiaramente fatto lor vedere che una donna bella, qual'è questa, ch'è più che bella, e più bella assai ignuda, che di vestimenti ornata d'ogni intorno.

— Oh! disse motteggiando il signor Vinciguerra — se non si veste non morrà ella di freddo per questo tempo così fiero?

— Mai no, che già ancor non è nata, rispose l'eccellente Dottore.

— Adunque, soggiunse l'altro, s'ella non è ancor nata vestiremola ancor noi di vestiti ancor non fatti.

— Deh! lasciate questi sillogismi per ora, che vi tirerebbero di palo, come dice il proverbio, in pertica, disse loro il signor Giacomo, e seguì poi oltre col parlare:

— Appigliandoci al parere del signor Dottore, e non vestendo delle sue ricche vesti noi questa donna altramente, non le vogliamo (cose che pure le gran gentildonne usano di fare tuttodì, e delle piccole ancora) concedere le sue acque rose, le sue acque nanfe, il suo muschio, lo zibetto, l'ambracane, il moscato, e simiglianti cose a donne appartenenti?

— Concediamle queste delicate misture sì, gli rispose il cognato così mezzo salito in isdegno ed ira, e poco appresso pacificato nel viso, soggiunse:

— O che voi dite questo da dovero, signor Giacomo, o che scherzate per tentarci. Se dire da dovero, vi si risponderà, che risolutamente simili cose non sono dicevoli alla nostra augustissima e bellissima in perfezione madonna; perchè, s'ella è sommamente bella, a che queste acque? E questo muschio e ambracane che le volete dare, perchè gliele volete dar voi? Esce forse da lei qualche lezzo caprino? Pute ella forse e ammorba la contrada d'attorno? Maladetto colui che di tali e simili cose fu inventore, egli n'è stato principale e sola cagione de' nostri danni. Ma come, andate a vedere il Petrarca nel dialogo ch'egli fa del buon odore, e ne rimarrete chiaro, e troverete ancora di quello che nuovo vi parrà forse per entro. Signor Giacomo, egli non mi piace insomma che questa donna abbia e rechi seco siffatte bazziccature, e massime non facendo di bisogno in lei tutta pura e tutta bella. Ora se il vostro parlare è stato per motteggiare io lo lodo e commendo assai, perchè così cercate di farci un poco ridere e passar tempo anzi che no; ma se pure volevate vedere questo in noi, perchè non dicevate piuttosto che buono sarebbe suto di darle un poco di fattibello, che noi diciamo, o di liscio, o belletto, come dicono per altri luoghi d'Italia, e di quel rosso e bianco della signora, come dice l'Ariosto, del signor Chinaccia?

— Io mi meraviglio più che mezzanamente, rispose il signor Ladislao a queste parole, e perchè voi, signor Pietro, non acconsentite di dare le sue acque a questa donna, e perchè ci avete addotto in mezzo certe vostre ragioni poco lodevoli nel vero. Deh, ditemi per cortesia, credete voi di trovarne pur una, e parlo pure delle belle, che non abbia almeno qualche sorte di odorifere acque, con le quali si bagni il delicato e amoroso suo viso? Io per me non giudico che ve ne sia una; adunque se non ve n'è una, l'usanza è contro la vostra prima ragione che avete usato, perchè non sia concessa acqua niuna delicata a questa donna, e volere voi disfare questa usanza? Poi ci avete detto che le interdite le antidette misture per ciò che ella non è puzzolente, e non si mostra d'essere tale che n'abbia bisogno. O signor Pietro, egli mi pare che avete un gran torto, perocchè giovani vaghi e donne innamorate, che si dilettano di portare addosso i suoi zibetti e ambracani, non gli portano perchè essi sieno quel mezzo, per lo quale a loro sia tolto il puzzo, di che elle non vanno punto ingombrate, ma gli portano sì per vaghezza, e perchè eglino sono una buona cosa. Laonde vi consiglierei a non torre queste cose alla donna nostra, la quale, se vi vedrà così duro e ostinato in volerle negar ciò che sommamente le piace, tenete certo che essa vi avrà quell'odio, che veggiamo che si suole avere alle serpi, e alla verità nelle corti. Oh, come, soggiunse poi, è vero che al compagno sovente quello si niega, che non averemmo in piacere ch'egli a noi negasse giammai.

A ciò fattosi bello, quasi animoso sparviere che levar vegga o anitra o colomba, il signor Pietro rispose:

— S'io non persuado alle signorie vostre che a questa donna e odorate acque e zibetti non si convengano in modo niuno, veramente io non so qual cosa, ch'io mai potrò a quelle persuadere alla mia vita.

E poi, rivolto al signor Ladislao disse:

— Se le mie ragioni infinora usate non vi paiono pesate, e degne di essere ammesse, non giudicate altramente delle vostre in contrario mandate fuori pur ora, che dove dite che io non debbo disfare l'usanza comune di tutte le belle di bagnarsi il volto con odorate acque e tacete perchè voi mi avete fatto ridere un poco, perchè nel vero il parlar senza ragione non piace a persona di mente sana, e se vorrà l'eccellente Dottore dir il vero, egli ci dirà che i suoi giureconsulti e dottori ancora usano di dire, ch'eglino si vergognano quando senza la legge in mano si ritrovano a parlare in qualche luogo. Ma voi mi direte che l'usanza è buona, e io dirò a voi ch'ella è cattiva. Ditemi un poco: queste donne, che costumano di così usar queste acque, a che fine costumano di usarle? pur per divenire più belle e riguardevoli. Adunque, se per ciò l'usano, non andrà la conseguenza e la conclusione ch'esse non si contentano della faccia che Dio ha dato loro? Il che quanto sia a lui discaro, e iniquamente fatto, ogni sano intelletto agevolmente ne può trar giudicio chiaro. Ma di ciò parleremo diman da sera a sufficenza quando del belletto si ragionerà, che ne vogliamo pur alquanto ragionar tra noi. Ora io vengo alla seconda vostra ragione. Voi mi dite che questi giovani galanti e queste donne leggiadre, non per discacciare il puzzo, che non è in loro, ma per piacere altrui, e perchè sono buoni, usano di andare profumati e profumate deliziosamente; io rispondo, che voglio concedere che ve ne abbia di quelli e di quelle che non per piacere altrui usano di portare i zibetti e i muschj addosso, con patto che voi concediate a me ancora non esser poca quella parte che si sforzano con questa via di coprire molti difetti loro. Il che Marziale e il Petrarca vollono che fosse così. Ma presupponiamo che non sia così, sarà però ben fatto che per altrui piacere gli usino? Veramente no, perchè destano in molti il concupiscibile appetito; e se non me lo credete, credetelo al Petrarca nell'allegato poco dianzi dialogo. E di qua è che messer Ortensio Lando nel sermone funebre, ch'egli fa fare a monna Tessa da Prato nella morte di un suo gallo, disse così: Io credo fermamente che se il gran Turco sapesse questo segreto non userebbe il muschio sciloppato, siccome usa quando va alla giostra nel serraglio: egli parla della giostra amorosa in quel luogo. Quanto a quello che mi dite che questi zibetti sono cosa buona, io credo di aver già risposto; ma pure io non mi rimarrò di dire che sono cosa mala piuttosto; e udite, se non vi spiace, quello che per a voi provarlo sono per dire alla presenza vostra, e di questi altri gentiluomini, che, la lor merce, volentieri mi ascoltano. Io trovo che un Planzio, gentiluomo romano, veggendosi in gran periglio della morte, per paura di lei s'ascose assai bene in non so che luogo; ma che avvenne? Avvenne che, essendo diligentemente cercato di lui, e non si trovando al mondo, il muschio lo venne a scoprire, del quale egli era tutto pieno, e d'intorno si sentiva l'odore, che sentito, e venuto al naso di quei che lo cercavano, fu cagione ch'egli fu miseramente morto. Io trovo altresì che, stando alla presenza di Vespasiano imperatore, un giovane tutto profumato, per ringraziarlo d'una preminenza che gli avea conceduta, subito che Vespasiano sentì l'odore, sdegnoso con terribile ciglio ed aspra voce gli disse: Io avrei voluto piuttosto che al naso tu mi avessi mandato un puzzo d'aglio; e così avendolo molto bene ripreso, senza onore (che le lettere della già conceduta grazia volle che fossero lacertae) licenziollo col suo moscato e col suo ambracane. Ora giudicate voi se a questi effetti procedenti dagli antidetti zibetti essi denno esser nomati buoni, o pure, il che fia più vero, cattivi. Giudicolli cattivi la valorosa e inclita città di Roma, quando l'anno della sua edificazione, CCCCCLXV, fece un editto che in lei niuno recasse peregrini odori. Così fosse egli durato infinora; ma le scelleraggini e vizj de' posteri non lo permisero, perocchè, com'è uso de' moderni di rompere i decreti degli antichi, il ruppero e l'annullarono del tutto, e così ella, che gli arabi, gli assirj e i sabei aveva con le sue armi domati e vinti, fu dai loro zibetti e odori domata e vinta, e intanto che infino nei conviti usava questi, e infino nel bere e negli spettacoli. Giudicolli tristi la città di Sparta, quasi un'altra Roma de' greci, quando a questa peste dell'Asia vegnente, come ad armata schiera di nemici, con fieri e severi costumi ed editti si fece incontro; ma poco le valse, perciocchè in ultimo la molle e delicata squadra e degli odori e delle scelleratezze ingannò e corruppe le guardie, e passando nell'Europa, soggiogolla e vinsela. Che dirò io d'Annibale? Questo così fiero nemico del popolo romano, capitano tanto aspro, faticoso e duro, rimase vinto col suo prode e valentissimo esercito in sul mezzo delle guerre, tal ch'io mi credo, che ben mille volte maledisse e bestemmiò gli odori, onde molle e delicato egli e i suoi soldati a un tratto divennero. Ma che mi voglio più andare aggirando negli esempi, per i quali può apparir più chiaro che il Sole di meriggiana, che questi odori, zibetti e moscati sono cattivi anzi che buoni, e dagli effetti una cosa si dee giudicare e conoscere quale essa sia o buona o mala?

Quivi tacque il signor Pietro, aspettando d'udire ciò che all'incontro gli dicesse l'avversario, il quale, come se dal sonno si fosse desto e isvegliato allora allora, levossi e riparlò in tal maniera:

— Voi, signor Pietro, quel tanto che per voi faceva, e che a proposito vostro essere conoscevate, ci avete leggiadramente qui in mezzo recato; ma certo non l'avete ancora vinta. Perocchè so ben io che di queste misture e di questi zibetti gli effetti non sono sempre tristi, ma buoni alle volte e forse il più; e perchè non mi possiate tassare qui come più su nella ragione ch'io tacqui, io voglio essere contento di addurre un esempio, e forse un paio, secondo che usate voi bene spesso di fare ragionando. Leggesi che un certo barcaruolo chiamato Faone era nell'arte sua tanto giusto, che mai non avrebbe egli giuntato niuno, e si mostrava sì fatto, che da persona che non potesse pagarlo non pigliava mai pagamento. Ora avvenne che in Lesbo, ove esercitava sua arte, nacque de' suoi costumi non poca ammirazione, e lodandolo tutti, anco Venere loro Iddio, che così la chiamano, lodollo e commendollo sommamente; indi a poco se gli appresentò davanti in forma di vecchia chiedendo che la volesse in su l'altra riviera traghettarla. Faone senza altro la fece in sua barca salire, e poi usando suo ufficio al destinato luogo la condusse, ove non volle mercè nè paga veruna. Ma che operò per lui poscia Venere? operò questo, che dandogli in dono un vasetto di soavissimo moscato, lo fece, di vecchierello ch'egli era, divenire subito il più bel giovane che mai si trovasse in Lesbo, o forse in tutto il mondo. Che dite qui, soggiunse poi, signor Pietro, non fu meraviglioso questo effetto di questo moscato? non fu egli buono a fare che un uomo, che putiva di cimiterio, tornasse nella più fiorita età, e poi sì bello quale mai ai suoi giorni non fu?

— Oh, rispose il signor Pietro, voi sareste bene di grossa pasta formato, e avreste anzi del grossolano che no, se voi ciò credeste, e se pure volete credere questo miracolo, attribuite una sì meravigliosa possanza a Venere e non al moscato, il che ha più del verisimile assai, e più sta al martello. Ma seguite, se avete altro che dire, ch'io mi credo che no.

— Guardate pure che non sia che sì, disse qui l'altro, e seguitò. Non abbiamo noi nel Vangelo che chi per noi volle in su la croce star pendente e morire, acconsentì che di odorate e preziosissime moscate acque e unzioni li fossero i santissimi piedi lavati e unti? Il che non avrebbe mai sofferto il gran figliuolo di Dio se buono effetto da loro non avesse aspettato, ovvero non avesse avuto caro e sommamente lodato come buone quell'acqua e quell'unguento.

— Deh! tacete in cortesia, rispose il signor Pietro; e poi n'andò dietro dicendo: Io vi dico che altro effetto non venne da loro, e che buone non furono, e patì Gesù Cristo, non perchè n'aspettasse alcun bene no, e meno perchè ci fosse (come tutti si può credere essere che l'usano) molle, delicato e amico delle delizie, ma sibbene perchè gli piacque la pietà e le lagrime di lei che gliele offerse. Ma da che pur la volete con meco, signor Ladislao, e non volete perdendo cedere, togliete questo per ultimo esempio, che vi potrà forse ridurre al voler mio, dove gli altri, non oprando nulla ch'io vegga in voi, sono stati vanamente per voi recitati da me. Si scrive che Domenico Silvio, doge, XXXI secondo il Sabellico, o pur XXX secondo altrui, della città miracolosa di Vinegia ebbe per moglie una costantinopolitana, la quale disprezzando l'acqua comune, costumava di lavarsi con la rugiada, e, non volendo i cibi toccare con mano, gli toccava coi dorati pironi. La camera poi, dove usava di posare, oliva tanto eccessivamente d'odori soavi, che di qualunque v'entrava i sensi rimanevano vinti e perduti. Ma che fece la intera giustizia di Colui che regge l'universo e tutto scopre? fece, che alla fine questa siffatta amica degli odorati zibetti e moscate acque, le quali pur voi volete concedere alla donna nostra contro il debito e la ragione, infermò di sozzissima e lordissima infermità, della quale si morì finalmente in grandissima miseria. Non vi piaccia adunque, signor Ladislao, più la vostra opinione infinora tenuta, e sappiate stasera che questi odori e queste acque non solamente disconvengono a noi, ma disconvengono ancora alle donne che della onestà propria hanno qualche cura, come voglio io che la nostra abbia continuamente, e da lei mai non si parta. E perchè mi potreste pur dire, che sono alcuni sì fatti odori che conferiscono alla salute assai, e però si deono porre addosso, io vi rispondo che, se per riavere la salute questo si fa e non per vanagloria e per piacere, ognuno è iscusato pure ch'egli non trapassi la linea della mediocrità, condimento di tutte le cose.

Fermatosi qui alquanto il signor Pietro, seguì poi con questa esclamazione:

— Oh! chi potrebbe a bastanza, e quanto si dovria, mai biasimare quello ch'io ora biasmo e biasmerò quanto si stenderà la mia vita? chi di sano intelletto (e questo sia un'aggiunta alle cose antidette) loderebbe uno, o una, che sia vaga di tal cose, le quali sendo in esso lei, altri ne venisse ad avere qualche piacere, e essa ne rimanesse digiuna e senza? Veramente qualunque donna, o uomo, ha seco gli odori e le acque ch'io sprezzo, egli è a simile condizione, perchè ritrovandosi quelli e questi in lui, esso, che non sente nulla di quella soave ora, non gode nulla, ma solamente gli altri di fuori, e a pieno poi s'avviene ch'ella sia perfetta in bontade, la quale si conosce, qualora essa ha potere di volgere e invitare a se le persone, ancora che ad altro sieno intente e rivolte con l'animo.

Ma io mi voglio spedire oggimai, e da che hanno inteso le signorie vostre come disdirebbono gli odori e le acque odorate alla singolarissima donna nostra, e chente sarebbe questo errore, ora non mi piace di tacere che essendo siffatte cose per natura dilettevoli e dolci, non si dee così l'odorare quelle come recarle addosso interdire e vietare a niuno. Vi si seguirà adunque il parere del buon Agostino, il quale, degli attrattivi odori parlando, dice: Di questi io non mi curo, quando mi sono lontani io non li vo' a cercare, e quando mi sono vicini io non gli rifiuto, essendo mai sempre apparecchiato di mancar di loro, e vivere senza essi la vita mia.

Così conchiuso dal signor Pietro, e buona pezza quasi trapassata di tempo senza altro dire, l'eccellente Dottore ruppe il silenzio, e come veggiamo talora far la peregrina gru, che cammina un poco prima e poi si leva a volo. Così in voce sommessa, aumentandola pian piano, si mise a favellare:

— Hacci il signor Pietro con la sua dolcissima favella, simile tutta a quella di lei che sì cara mi è, che più lungi non veggo, ne veder bramo, persuaso, come ci disse al principio del suo ragionare, che nella donna nostra non si deono trovare nè zibetti nè acque muschiate, ora ci persuaderà egli forse anco questo, che in lei non convengano le rose, i fiori, le viole, e qualche bello e amoroso pomo? No 'l voglia il cielo, no 'l voglia la fortuna, no 'l voglia il mondo. Gli odori di questi non sono da essere in modo alcuno ripresi come gli antidetti, e nel vero non mi sovviene d'aver letto mai che nelle donne morbide e garzone, e meno nei giovani leggiadri e amorosi ad uomo alcuno dispiacessero in veruna stagione. Virgilio, in una sua bella Elegia, comanda alle verginelle che colgano delle rose, come quelle che bene si convengono con loro. Induce Ovidio Proserpina nel quinto delle sue Trasformazioni insieme con le sue eguali compagne intendere a rose circa il fresco, verde, e tutto fiorito lago, nomato Perguso. Induce Salmace altresì a corre fioretti nel quarto, e darsi quel piacere. Induce il Sannazzaro Amaranta, e delle altre assai, spogliare l'onore de' prati, e così empirsi il seno di fiori e violette. E parlando poi egli quasi disperato alla sua diva, che l'avea solo abbandonato, ed aerasi via fuggita sdegnosa e con turbato viso, dice così: Seiti dimenticata de' primi gigli e delle prime rose, le quali io sempre dalle cercate campagne ti portava. Il Petrarca scrive in quel sonetto, *Due rose fresche*, che a Laura e a lui giovane ancora furono certe rose donate da un uomo antico d'anni, e consapevole de' loro amori. Scrive in quella canzone, *Chiare, fresche e dolci acque*, il medesimo, che l'antidetta Laura fu un giorno, e forse Venerdì santo, tutta coperta da una pioggia di fiori scendenti da certi bei rami, al tronco de' quali, come a colonna stavasi, appoggiata ella forse stanchetta alquanto per lo cammino che aveva fatto. Vedete il sonetto, *Amor e io sì pien di meraviglia*. Per li quali tutti luoghi vedendosi apertissimamente che alla giovinezza, e massime a quella delle belle donne si conviene l'andar adorna il capo di fiori, e così dipingerlo, come talvolta d'occhi veggiamo la coda del pavone dipinta, io non mi meraviglio se la dea delle belle bellezze Venere e il suo fanciullino, andando un giorno per diportarsi in certe campagne fiorite, come si legge, isfidaronsi l'un l'altro a corre fioretti e rose a gara.

Io non mi meraviglio se la medesima Venere (come Libanio Sofista greco presso al Poliziano è buon testimonio) volle, avendo a contendere della bellezza con Pallade e con Giunone sotto il giudicio di Paride, ornare di rose bene olenti, e colorire le tempie e l'auricome capo suo intorno intorno. Io non mi meraviglio se Catullo e l'Ariosto dissero che le innamorate giovani e vaghi garzoni le amano, e massime tolte di su la spina allora allora. Queste rose e fiori e viole, oltre che fanno coloro che l'hanno più riguardevoli (come appare per l'esempio di sopra addutto di Venere, che se ne volse adornare l'aurea sua testa) ricreano gli spiriti ancora, e gli vengono a confortare non poco, come si vede tuttodì. E se il signor Pietro, volgendosi a noi l'eccellente Dottore, poi non vorrà, disse, che per ornamento questa donna, come lei, che poco ne abbia bisogno, rechi in testa o nel candido seno queste rose, fate voi ch'egli si contenti almeno ch'ella per ciò le abbia seco e ne le porti, che esse sono buone e non cattive come gli odori, che il signor Ladislao contra lui tenne che fossero buoni, a gran torto, s'egli mi perdoni e mi tenga nella grazia sua. Fate voi, signor Giacomo, che se ne contenti per quella bella e fresca alba che vi dà luce ognora, e vi reca così dolci e così soavi giorni dipinta il viso del rosseggiante sangue di Venere.

— Come del rosseggiante sangue di Venere? — disse a lui qui il signor Giacomo; oh!, rispose l'eccellente Dottore, s'io avessi congiunta rosa con alba voi mi avreste forse inteso; ma udite perchè qui vi ho detto che la vostra signora Albarosa, dove tutti i pensieri vostri terminano, ha le guance colorite e sanguigne. Leggesi che Venere, di cui abbiamo ragionato di sopra, amava il bello Adone, e Marte lei. Ora avvenne che Marte, ingelosito, deliberò d'uccidere Adone, così pensando che l'amore, il quale Venere grande li portava contro il suo volere, avesse a cessare. Trovata adunque bella occasione, e scopertosi un bell'agio, egli ferì Adone ed ucciselo. E correndo Venere per dargli aita, così frettolosa venne a cadere in un cespuglio di spini fioriti, e foratosi l'un de' piedi, col sangue che d'indi usciva fece che la rosa divenne colorita, e così dove in prima era candida cangiossi in purpurea e vermiglia. Concedendo adunque come ben si conviene, queste rose, fiori e viole, delle quali i giardini di Pesto vanno così spesso ornati, alla donna nostra, non le concederanno ancora una della tre palle d'oro d'Atalanta? un pomo, dico. quale fu quello onde beffata rimase Cidippe? e quali erano quelli degli orti delle Esperidi? e quelli del fortunato e felice re Alcinoo? e quello finalmente che pose gara tra le dive, delle quali abbiamo più suso ragionato a sufficenza? Sì, le concederemo in ogni modo, e perchè sono di odore convenevole, e perchè non sono rea cosa i pomi, de' quali alcuna gente vive, e alcuna del solo odore. Il che è pur miracoloso ad udire, ma noi n'abbiamo il Petrarca nel sonetto, *Si come eterna vita è veder Dio*; e nella canzone, *Ben mi credea passar*, e nel dialogo di sopra allegato del buono e soave odore. Noi abbiamo Plinio al secondo capitolo del settimo libro della sua naturale istoria; n'abbiamo Solino e gli altri, che ciò ci confermano per vero. La istoria è tale, che là sul Gange in India sono certi popoli nomati Astomi, senza bocca, pelosi per tutto il corpo, e vestiti di non so che, che in su le frondi degli alberi trovano in quelle parti. Questi senza altro mangiare (il che non potrebbono s'eglino volessero) si nutriscono del solo odore che spirano certi pomi, che seco portano. Quando sono per ire in peregrinaggio nulla recano con seco, salvo che gli antidetti pomi vitali, e sono così impazienti del fetore e del puzzo, che sì come il puro odore gli nutrisce, così il tristo gli ammazza. Questo mi è piaciuto di dire alla presenza vostra, soggiunse poi, e per dimostrare, che buoni sono i pomi (il che io averci potuto a mille altre foggie mostrarvi) e perchè io qui scoprissi l'errore di alcuni, e massime del Bonfadio là in quella epistola che, nel secondo delle Volgari di vari autori accolte, scrive a messer Plinio Tomacello. Egli dice in somma, che se alcuni hanno detto, che in certa parte del mondo sono animali, che vivono d'odore, hanno detto ciò intendendo, che ivi gli uomini per tal cagione, oltra che vivono più tempo, vivono ancora più lieti e sani, che questa tale è veramente vinta. Questo è falsissimo, perchè è cosa certa, come gli autori più su citati mi mostrano, che questi popoli non hanno bocca, e non avendo bocca bisogna credere che vivano d'odore veramente, e non più tempo, e più lieti e sani.

Aveva avuto fine il ragionare dell'eccellente Dottore, quando il signor Pietro voltosi a lui umanissimamente gli disse:

— E' mi pare, che Vostra Eccellenza abbia avuto dubbio in tutto il parlar suo, ch'io non scendessi ad esserle conforme in concedere queste rose, fiori, viole e gigli insieme con qualche vago e aurato pomo alla donna, e però n'è ricorsa ad aita ai questi gentiluomini, come s'è veduto. Io, per discoprirvi il segreto dell'animo mio, signor Dottore, quell'istesso sento che n'avete sentito voi, e se in qualche particella discordo, che meraviglia n'è? quanti sono gli uomini tanti sono i pareri.

— Oh, io la veggo, che voi volete con queste vostre moine trovare una certa via e modo che io non vi abbia a ribattere quanto siete per dire contro me; ma incominciate, ch'io non ve la perdono no, rispose l'eccellente Dottore.

A cui il signor Pietro

— La picciola discordanza, ch'io tengo con voi è, che io ho per fermo che questi odori ancora, che voi ci avete detto essere ricreativi e nutritivi e buoni affatto, e convenire alla donna, ponno cagionare poco bene alle volte.

— E come? diss'egli il Dottore.

— Perchè, rispose il signor Pietro, io trovo che i giardini ameni sono come zolfanelli, e mezzani di farci divenire incontinenti e lascivi. Nè senza cagione è che il grande oratore Cicerone, mentre che gittava in occhio l'adulterio al suo reo nemico, volle gli ameni luoghi, dove fosse suto commesso ciò, come stimoli e sprone al peccare. Quel che fece Tiberio imperatore a Cesare, luogo tanto delizioso e ameno, dove egli per diporto usava di gire, io mi credo che pur uno non vi sia che no 'l sappia. E, per venire al punto, come ciò si potrebbono indurre ad operare queste sì vaghe chiostre, se non vi intervenissero gli odori delle rose, de' fioretti, de' gigli e violette, che commendate in questa donna?

— Veramente voi mi tentate con tal parole, rispose qui l'eccellente, e disse poi: Io vi rispondo, che se l'animo nostro fie ben disposto, egli non ci lascerà mai vincere da luoghi siffatti, anzi in noi si vedranno effetti contrari alla lascivia in tutto. E di qui è che alcuni per avere un animo che tali luoghi ha saputo usare, sono levati alla contemplazione delle cose celesti, e si sono dati alla penitenza, come al sonetto, *Gloriosa colonna*, e al dialogo de' giardini ci manifesta il Petrarca. Ma ditemi, non volete voi che alla donna già perfetta esteriormente concediamo un'animo, una volontà pura, e una creanza divinissima?

Si bene, rispose il signor Pietro.

Adunque non dubitate, soggiunse l'eccellente, che le rose e i fioretti abbiano a destare in lei men che buoni pensieri giammai.

— Non dubitate di veruno avvenimento sconcio e strano.

— Voglia Iddio che così sia, ma pure non so che non mi lascia ben risoluto e sicuro ancora, disse il signor Pietro.

— Io ho detto il vero e ne potete bene star sicuro, replicògli l'eccellente.

In ultimo il signor Giacomo, veggendo questi, da un lato garrire e dall'altro gli altri due, de' quali uno voleva udire del belletto, e l'altro, ma troppo prestamente, del giudicio delle donne, della quali si deveva quella giudicar più bella che più s'appressasse alle bellezze sovrane, di che avevano formata e perfetta la donna esteriore, così disse:

— E' mi pare, signori, che l'ora oggimai sia giunta di lasciare i litigi, le dispute e i ragionamenti nostri. Il perchè voi sarete contenti di porre fine per amor mio; diman da sera, avendoci a formare la donna interiore, più vi dimoreremo, e non si mancherà di parlare del belletto, e meno del giudicio che si ha a fare delle donne nostre in su la fine.

Qui tacque; e tutti allora, dopo l'averci gli stanchi spiriti con un poco di finissimo e dolcissimo vino, di che erano piene le volte del signor Giacomo, ricreati a bastanza, come la sera dianzi fatto avevamo, nelle nostre camere per dormire ci rinchiudemmo.

FINE DEL LIBRO SECONDO

LIBRO TERZO

Dubbio, e gran dubbio nel vero hanno avuto già i savi del mondo intorno alla difinizione dell'uomo, onorato monsignor mio. Perocchè alcuni vollon che l'anima sola, alcuni che il corpo solo fosse l'uomo, animal sovra tutti gli altri creato, e di tutti gli altri di grandissima lunga il più degno e il più meraviglioso ancora.

Quelli, difendendo l'opinione e il parer suo come buono, dicevano così: Siccome questa voce cavaliero propriamente favellando non viene a significare cavallo, ma solamente l'uomo, nè l'uomo ancora si chiama cavaliero s'egli non usa il cavallo, così l'anima sola dice essere l'uomo, ma non però s'ella non si trova ad essere nel corpo.

Questi per lo opposito, argomentano così: Siccome questa parola bicchiere solamente viene a significare il vaso, ma si però che alle volte uggia il vino dentro di sè, così il corpo è solamente l'uomo pure ch'egli tenga in sè l'anima serrata e chiusa.

Chiunque considera queste due opinioni tanto diverse, e lontana l'una dall'altra, trova alla fine che nè quelli nè questi hanno il suo intento. Perciocchè quelli quantunque dicano l'anima sola esser l'uomo, pure il corpo è non so che, poi che ve la rinchiudono dentro, e senza non possono fare. Questi parimenti mi pare che s'avviluppano il cervello e si contradicono, perciocchè volendo eglino che il corpo solo solo sia l'uomo, ma non però s'egli non ha l'anima in sè, egli è di necessario pure che l'anima sia qualche cosa anzi che no.

Platone, come recita ancor nell'Idea del teatro suo messer Giulio Camillo, induce Socrate nel dialogo intitolato Primo Alcibiade, ammettere la prima opinione. Perciocchè, dice il Camillo, siccome la testa che portiamo non è noi, ma cosa usata da noi, così il corpo, ancor che sia portato da noi non è noi, ma cosa usata da noi. Le quali parole ci danno ad intendere, che Socrate appresso Platone si faceva un poco meglio intendere, e voleva veramente che l'anima sola, o giunta o non giunta al corpo, fosse l'uomo. Poi che il Camillo paragona il corpo alle vesti, delle quali benchè l'uomo sia, privo e senza, nondimeno egli è pur quell'uomo che è con esse, e in esse.

Quinci è che il detto Platone, (il quale inducendo a parlare così Socrate suo maestro, non poteva aver per giudicio d'ognuno altro parere) usava di dire che non era l'uomo quello che si poteva mostrare col dito. Quinci è che Seneca chiamava il corpo casa dell'uomo. Laonde credo che uscisse perciò quel motto contro Galba imperatore gobbo, *Galba non abita bene.* Quinci è che Cicerone nel sogno del minore Scipione (il che toccò nella sua Africa il Petrarca, e in uno de' suoi dialoghi) volle che fosse il corpo quasi una rocca o torre, alla cui guardia stesse l'uomo. Nè ciò spiacque all'acuto Landino alla vigesimaquarta ode di Orazio. Quinci e che or ricetto, or gonna, or prigione, or velo, ora spoglia nel Petrarca e nel Bembo è chiamato il corpo. Quinci è finalmente che il santo e afflitto Giobbe diceva al Signore: Di pelle e di carne tu mi hai vestito, e d'ossa e nervi mi hai composto e fabbricato. Della seconda opinione parmi coloro essere stati fautori, che han detto che il corpo è solo nostro, e che con noi nasce e muore: e l'anima poi generale sì, che le più volte trapassi in altri corpi, e però non nostra.

Ma noi vegnamo, da che la vera definizione stacci ancora ascosa, a definire veramente l'uomo come si dee.

Dico adunque che nè l'anima sola, nè il corpo solo, ma l'uno e l'altro vengono a definire l'uomo, e crediamo fermamente che l'anima razionale e la carne insieme facciano un uomo, e che altramente egli non sia, e s'egli è, egli è mezzo e non intero in ogni modo. Ma dirò bene che la migliore e maggiore parte dell'uomo è l'anima, perocchè è durevole e sempiterna, dove l'altra è debole e mortale. Il che così essendo senza dubbio niuno, gran meraviglia mi viene alle volte pensando onde ciò nasca, che di piacere al corpo ci affatichiamo quanto per noi si può generalmente ciascuno; all'animo non così molti risguardano e, per dir meglio, pochissimi hanno cura e pensiero.

Ma chi non vede che quegli uomini, i quali nelle ardenti e sanguigne porpore, e nelle terse e lucide sete, e nell'oro stesso cotanto pregiato, curano di fasciare l'esteriore, e delle più rare gemme adornarlo, lasciando ignudo lo interiore uomo dalle vere e sode virtù, e non pure adombrato d'alcun velo o filo del buon costume, si ponno ragionevolmente pareggiare ai tempi d'Egitto, i quali, bellissimi di fuori e con meravigliosa arte dirizzan, aveano di dentro, invece di qualche simulacro di vino, o gatto, o aglio, o cipolla che pazzamente vi s'adorava? o pure a qualche sepolcro, il quale dentro essendo arido e incolto, di fuori mostra a' riguardanti belle imagini di marmo ad oro lavorate, e polite con grande spesa, e con non poco disdegno degli artefici?

Non furono tali, e non sono i gentiluomini, di cui abbondevolmente è stato ragionato negli antidetti libri, perciocchè, siccome eglino sono di virtute albergo, e pieni infino in colmo di bei costumi e di cortesia, e finalmente di tutte quelle parti che si convengono ad essi, così volendo ciò nella donna loro vedere (che altramente non la giudicherebbero con tutte le sue e tanto perfette bellezze esteriori bella) sursero secondo l'usanza, venuto che fu il mattino, e secondo l'usanza fatti, ma non indarno, volare i falconi, e tornati al veramente divino palagio, e ristorati al debito tempo per mezzo della superba e ricca cena, si fecero appresso il vicino e ardente foco, dove poi che assisi tutti si furono allegri quanto si potria dire il più e nella fronte e nel cuore, si misero un poco così vicendevolmente a pungersi, ma non fra l'unghie e la carne, e così poi a ridere dolcissimamente dopo la lieve e non dolente puntura.

Alla fine, veggendo eglino che quella dovea essere l'ultima notte, e che la donna dipinta e formata bellissima, quanto spetta alla parte di fuori, si dovea da loro dipingere e formare (perchè così venisse ad essere perfettissimamente bella sì che nulla le mancasse) ancora quanto spetta alla parte di dentro, vennero a dire che, ragionato alquanto per ischerzo in materia del belletto che usano, quelle donne, che sono sute malamente avvezzate di porsi sul viso, non sarebbe se non buono di cominciare la impresa, e non lasciare andarsene il tempo, che mai non torna indietro poi che una fiata se n'è fuggito e scorso.

Per la qual cosa fu dato l'assunto di fare il tutto al signor Ladislao, mio fedele Acate, sì perchè egli meno per l'addietro di tutti avea ragionato e perciò ne faceva istanza, sì perchè di spedita lingua e dolce parlare dotato, non poteva non sommamente a tutti piacere ed essere pienamente in grado, e sì ancora perchè mostrava di aver un fianco e una lena siffatta, che senza stancarsi mai avrebbe potuto la notte intera trapassare ragionando. Il perchè egli, egli senza usare gli increscevoli e cerimoniosi giri delle belle parole, dopo che ebbe tutti ringraziati e lodati per l'onorato incarico che gli avevano conceduto di dire, a così favellare incominciò tutto allegro:

Della stomacosa e piena di lezzo composizione del belletto, di cui si adornano, anzi sconciano delle donne assai così nella nostra come nelle altrui terre, io, signori, non mi voglio porre al rischio del parlare, che lordissima cosa e sozzissima essendo, come ognuno di noi può saper chiaramente, egli potrebbe di leggieri avvenire che me ne verrebbe tal fastidio e nausea, che non che quello, che nello stomaco ho di cibo preso, non appena gli spiriti riterrei nel petto; e poi io non vi avrei buoni ascoltatori, essendo simili e conformi a me voi, ai quali cerco che il mio ragionare piaccia, e non porga dispiacere, e talento di via fuggire e lasciarmi qui solo, come forse accadrebbe se io vi ragionassi di quello che non mi piace e non mi aggrada in modo niuno di ragionare. Parlerò io adunque più volentieri della spiacevolezza, della vergogna, e del danno doppio di quelle cotali, che per questa via e per questo mezzo procacciano di parere belle e colorite ai riguardanti, sendo tutte le simili a quelle maschere, che modanese s'addimandano, o a quei pomi (o vendetta di Dio chi te n'obblia?) che Gomorra produce e crea; la spiacevolezza adunque è anzi grande che no, e io dirò questo di me, che non mi viene mai veduta (che pure me ne viene veduta alcuna) alcuna di queste cotali donne, ch'io non le fugga con maggiore prestezza, e più volentieri assai, che se senza questo fattibello andassero, per le calli, e per le contrade vieppiù brutte, che non fu mai, come dice il Boccaccio, il saracino della piazza, o qual si voglia de' Baronci. Elleno fanno come coloro, quali, volendo schivare la cariddi, s'intoppano nella Scilla, e, come dice il proverbio, cascano dalla padella nella brace, quella donna imitando, la quale essendo stata da una sua vicina chiamata fuori di casa, avendo ella allora il capo raso e senza capelli, venne, e ragionando con la vicina s'avvide che non avea per una cuffia in testa che le la appiattasse. Il perchè la si coperse con la veste, ma in quella vece scoperse e mostrò quelle parti, che non pur senza vergogna. si nominano.

— Ah, ah, gridarono qui quei gentiluomini, e il signor Ladislao passò oltra senza segno niuno di ridere, dicendo:

— Egli avviene ben così, che (io non vo' dire come alcuni che dicono niuna donna esser savia) delle donne assai ha, le quali per mancanza di buono avvedimento s'attaccano al peggio, e fanno ridere la brigata con queste e simili loro operazioni in parte niuna lodevoli o buone. Ma che diremo noi di quelle che, essendo naturalmente belle e riguardevoli, amano meglio d'andare lisciate che no? hanno queste le traveggole? hanno queste date le cervella a rimpedulare? Non sanno elle dove elle sono? e non sono finalmente in buon senno? O Dio buono, dammi pazienza! Egli è volgare proverbio che una beltà naturale si fa sozza e deforme mediante il liscio; ma sapete che dicono queste che l'adoperano? dicono che ciò ch'è bello in loro per natura egli diviene più bello s'egli si adorna, e si pone cura di abbellirlo ancor più. Oh savie sibille che sono queste tali! Egli non è sempre vero, anzi falsissimo in loro, e in moltissime cose, ciò che esse dicono, alle quali cose belle per sè, se vi si aggiunge altro per più abbellirle, accade che, dove naturalmente erano in vago e ottimo stato, elleno si fanno e divengono men belle e men riguardevoli assai. Non si sa questo, che se una casa magnifica tutta di marmo sarà fatta in qualche luogo della nostra città di Udine, ella fie così bellissima e vaghissima? Ma se il padrone poi cercherà di dipingerla e d'inalzarla, non farà egli una pazzia di Grillo? Non farà questo, che dove ella si scorgeva da tutti riguardevole, di beltà ripiena, ella si scorgerà men vaga e men bella? Poi a cui non è chiaro quello che si legge di Alcibiade? il quale soleva dire, che delle orazioni vestite e tutte artificiate di quel Pericle, nelle labbia del quale, come si dice, sedeva la dea Pito che lo faceva tonare, folgorare e persuadere ogni impossibil cosa, niente vi si commoveva, ma sibbene per le parole ignude e semplici di Socrate. Io vorrei che conoscessero queste donne, che siccome sogliono il più delle volte gli alti e spaziosi alberi negli orridi monti della Natura prodotti più che le coltivate piante da dotte mani purgate negli adorni giardini a' riguardanti aggradare, e molto più per li soli boschi i selvatichi uccelli, sopra i verdi rami cantando a chi gli ascolta piacere, che per le piene cittadi dentro le vezzose e ornate gabbie non piacciono gli ammaestrati, così elleno vengono a piacere più, e sono nel vero più belle, quando, contentandosi della bellezza loro naturale, non curano di belletto, o di che che sia che le faccia andare più adorne e più leggiadre, se questa si fatta viene ad essere leggiadra. Il che non mi piace in modo niuno. Io vorrei che sapesser le medesime, che siccome l'edera per sè viene assai più bella, e più belli sono i fiori coloriti della terra senza altro lavoro, che vi si ponga e ispenda, così elle ci sono, ove non vaghe nè ghiotte di liscio vanno ornate della propria freschezza della carne del viso, e del proprio bello. Io vorrei finalmente che tenessero per fermo; che siccome alle umane menti aggradevole più è una fontana che naturalmente esca, dalle vive pietre attorniata di verdi erbette, che tutte le altre ad arte fatte di bianchissimi marmi risplendenti per molto oro, e i liti de 'loro nativi sassolini dipinti vieppiù dolcemente lucono e folgorano, così elle nè più nè meno ci sono in grado allora che, disprezzate le sozze vie di farsi vaghe, si danno a calcare e seguire quelle, che più essendo degne di loro, più degne e più nette e più polite le rendono anzi che no. Spiace certo ad occhio onesto in ogni donna il belletto, e massime nelle belle e ben create vergini, delle quali il proprio è la semplicità e purità colombina, che tanto piace e diletta in loro. E, oimè, come mai per mezzo dell'amato adoperato liscio ci ponno esse piacere cotanto, quando che infino alle mura affumicate, non che i visi loro ponendovi la biacca diventano bianche, e oltre a ciò colorite secondo che al dipintore di quelle piacerà di porre sopra il bianco? quando che infino per lo rimenare la pasta, che cosa è insensibile, non che le carni vive, gonfia, e dove mucida pareva divien rilevata?

Non così per mezzo di sì fatta spurcizia, che potrebbe far per la stomacaggine uscir le pietre de' muri, e voglia venir di recere l'anima a qual si voglia, accese tanti colei, che ha il titolo d'essere stata cotanto bella, Elena dico. Non così la bella Ippodamia, non Penelope. Non piacque così all'iracondo fiero e gagliardo Achille Polissena; non Iole e Onfale al possente e forte Ercole, e meno Deianira; non Ippolita e Fedra a Teseo crudele e perfido; non a Demofonte la sventurata Filli; non a Giasone Isfile; non a Paride la fedele Enone; non ad Oreste Ermione; non a Protesilao la infelicissima Laodomia; non a Bacco la derelitta Arianna; Dafne al biondo Apollo; Proserpina a Plutone; Venere a Marte, ad Anchise, a Mercurio e al suo caro Adone; Danae, Europa, Leda, e mille e mille a Giove. E per passare nel campo delle istorie, non piacque così al sollecito Iarba la castissima, (e taccia qui il volgo ignorante) e bellissima Didone; non così la modestissima Verginia a quel tiranno, che le fece usar forza. Non così Ersilia a Romulo; Sofonisba al buon re Massinissa; Stratonica ad Antioco. Non così la bella Rachele al paziente padre Giacob; Bersabea al re David; Tamar ad Amone; e la saggia, casta, forte e vaga Iudit al misero Oloferne. Non piacquero così le Sabine ai romani; Livia ad Augusto; e finalmente la famosa Lucrezia a Sesto Tarquinio, alla quale, e ad antidette assai, se la vera e non finta bellezza recò danno, non per altro fu, salvo perchè, come disse il Petrarca, la beltà talora è nociva.

La beltà dico, di cui queste donne poco scaltre e avvedute si mostrano di essere vaghe e desiose sì, che non potrebbero fare senza liscio e senza biacca, anzi, e dirò meglio, senza il suo disonore, che, passando alla vergogna che ne risulta loro, non è disonore questo e grande disonore? Nel vero sì; perciocchè le sfacciate meretrici usano di così ugnersi e colorirsi il viso, e fare intorno a sè quelle tutte cose, che il Boccaccio danna e biasma di cuore nella Vedova che di sopra abbiamo posta nel ragionar nostro. Alle damigelle di buon nome e di buona piega bastar puote l'andar monde da tutte parti, che certo la mondizia così conviene loro, come a noi la fatica non disconviene: oh come bene il Poliziano disse in una epistola scritta alla signora Cassandra di casa Fedele, ch'ella dipingeva la carta d'inchiostro e non il viso di liscio, il quale anch'esse sanno che loro di vergogna e di vituperio assai; e per segno e esempio di ciò, udite quel che io n'ho udito dire altrui buon tempo fa nella nostra terra.

Erasi maritato un gentilissimo e nobilissimo cavaliere lombardo in una sua pari e bellissima giovine, e volendosi celebrare e onorare, secondo che si conveniva al grado di lui e di lei, le nozze splendidamente, furono comprate mille confezioni, mille fagiani, starne, quaglie, capponi grossi, tordi grassi, tortorelle, colombi. Non vi mancò l'apparecchio di mille frutta. Non vi mancarono le loro zuppe, le lasagno maritate, le frittellette sanbucate, i migliacci bianchi, i bramangieri e il formaggio di Parma. Vi si trovaro poi tutti i colori di vini, il bianco, il giallo, il sanguigno, il nero, perocchè vi fu del greco, del corso, del sanseverino, del falerno, del fascignano, del roccese, dell'amabile, del brianfesco, del trebbiano, della vernaccia da Corniglia, e delle altre sorti assai, delle quali, per non parere un Cinciglione, mi taccio per ora; mi taccio i vari e bellissimi drappi, le ricamate e preziose vesti, e tutte quelle cose che spettano ad un paio d'onorevolissime nozze. Ora avvenne che in un superbo e sontuosissimo desinare, che vi si fece, vi si trovarono ad essere convenuti conti, cavalieri, e gentiluomini assai e donne pregiate, belle e ricche altresì, molte fra le quali, come accade, v'ebbe di quelle che lisciate e sbellettate comparvero. Per la qual cosa gran desio nacque a qualunque di loro, che di naturale bellezza andava ornata, di fare tutte le altre, che di artificiata vi si vedevano colorite e bianche, rimanere in mezzo di tanti signori beffate e schernite, perchè non avessero mai più di così abbellirsi e ornarsi voglia e talento. Il perchè fecero, di tante che erano, una la quale avesse ad incominciare qualche gioco, e tutte poi camminassono per le sue vestigia, e quel facessero che essa faceva. A questo accordo stettero ancora le bellettate, per cui, nol sapendo elle, vi si tesseva e ordiva una tal trama. Colei adunque, ch'era fatta loro presidente, surse, e fece che tutte sursero dopo il disnare allegre. Andò poi nel mezzo di esse in giro stantisi, e così lieta dopo d'aver fatto molte cose, nelle quali fu imitata e seguita da tutte le altre, che ciascuna, secondo la legge del giuoco, facea sempre quello, che ella primieramente incominciava a fare; finalmente, rivoltasi ad un'ancella, comandolle che le recasse un bacino d'acqua pieno, il quale venuto, ella il prese, e fermatolo su uno scanno, mise dentro l'una e l'altra mano e lavossi il viso, che venne di bello ancora quasi più bello; così fecero le sue compagne. Le altre, veggendosi quasi topolini dalla gatta presi, vollono tirarsi indietro e rifiutar di far questo; pure tremanti vi si posero a farlo, e furono conosciute con lor grande vergogna alla fine per grinze e crostate, e aventi il viso verde e qual piede d'astore, o bosso giallo, mal tinto, d'un colore di fumo pantano, e intanto contrarie a quel che parevano dianzi, che niuno l'avrebbe potuto credere che vedute non le avesse. Oh come sarebbe stato il meglio a queste di comparire con quella faccia che loro avea concessa la Natura, e non con biacca, con lisci, olj, con pezzuole, pelandosi, strisciandosi, e facendosi quel tutto intorno; che l'Ariosto nella Cassaria e in una satira accenna a chi attentamente la legge! Non sarebbono rimase sì vergognate no, perchè, siccome la sola virtù fa l'uomo e la donna gloriosi, così il solo vizio li fa andare infami e pieni di vergogna, e denigra loro la fama loro vieppiù che pece e corbo non è. Ma perchè oggidì la verità viene a partorire in alcuni uomini e in alcune donne piuttosto odio che amore, e disdegno che benevolenza, cosa buona sarà ch'io lasci assai di quello che avrei e mi resterebbe da dire intorno alla vergogna, che le lisciate donne hanno e sofferiscono di continuo, e valicherò brievemente ragionando al danno grave sì del corpo loro e della vita che abbelliscono, come dell'anima, che lasciano, oimè pure sconciamente, troppo deformarsi, e irrugginire a pieno.

— No, no, dissero qui i compagni tutti; seguite pure della vergogna di queste bellettate, e verrete poi al doppio danno, e poi ad altro che vi resta anco di dire al cospetto nostro, e non abbiate paura di rinnovare l'esempio antichissimo d'Orfeo.

— Chi mi assicura di voi, rispose loro il signor Ladislao, che non m'abbia a cader in sul capo qualche ruina? Io vi dico, soggiunse poi, che non valse nè la poesia, nè la cetera, nè l'archetto, nè Calliope, nè quanto ebbe di buono al già detto Orfeo contra il furore delle donne, che a brano a brano l'andaro stracciando. Non valse nulla a Tamira contro quello delle Muse che lo cecaro. E se non fosse stato savio Stesicoro che si mise a lodare Elena, dove l'avea dianzi, come di sopra tocco n'abbiamo, biasimata, vi so dir io che gli bisognava, quando stendeva la vita, o il bastone di Tiresia, o il fanciullo d'Asclepiade. E per conchiudere vi dico insomma che le donne non si tengono le mani, come si dice, a cintola quando sono mordute e sprezzate il perchè lasciatemi dire quel tanto che mi resta del danno, ch'io ve ne prego; e mi perdonate se il procedere del gambero non mi piace per ora. Il danno adunque che il liscio reca alle donne, di cui parliamo, è gravissimo, e se non fosse altra giunta per appresso, elleno doverebbono, se avessero del saggio e cauto Prometeo, e non dello stolto e incauto Epimeteo, fuggirlo come gru falcone, e come timida pastorella il serpe velenoso e crudo; perciocchè elle vengono innanzi tempo a fare il viso incavato a guisa d'incavate colonnelle, e a segnarlo di disdicevoli, e quali veggiamo nei vecchierelli antichi, solchi e falde assai; la bocca incomincia a corrompersi, a mandar fuori un fiato fetido, puzzolente, e quale n'esce o da quella della scaltra e maliziosa volpe, o da quella del generoso e terribile leone. E questi, che furono bei denti forse, poi si fanno negri, e pur bastasse ciò, ma non avviene così, perchè eglino vacillano, e dopo il vacillare cascano sì, che pochi armano la bocca, e que' pochi restano tali, che, come n'è dato a veder la fistola del dio Pane talora, o come sguardiamo le dita nostre, l'uno sendo lunghissimo, gli altri successivamente vanno abbreviando più e più. Ma di ciò ci può bastare quel che n'ha lasciato scritto nella prima sua di sopra allegata satira l'Ariosto, e io verrò all'altro danno maggiore ch'è dello spirito immortale, si privano della beatitudine eterna e del trionfo celeste altresì queste donne. Perciocchè ugnendosi col belletto la faccia che Dio ha lor dato, di non si contentare di lei, come ci disse ieri il signor Pietro, chiarissimamente dimostrano, e non si contentando offendono Colui, che meno di tutti dovrebbono offendere, io dico, l'artefice infinitamente buono, infinitamente giusto e infinitamente misericordioso, Iddio Ottimo Massimo. E perchè io non passi così senza provarlo, udite queste parole verissime di San Cipriano, che grida: L'opra e la fattura di Dio non si dee adulterare in modo niuno; nè con colore giallo nè con negra polvere, nè con rosso, nè con altra invenzione corrompente e guastante i nativi lineamenti, il che qualunque uomo, e qualunque donna fa, e vuol pure reformare e trasfigurare con ogni sforzo o industria il medesimo puntalmente fa, che s'egli li ponesse le mani addosso, e li dicesse: Sta saldo, tu non mi hai fatto secondo la volontà mia. Cosa pure a riferirla spaventosa, e possente ad arricciare tutti i capelli di chi ha qualche faviluzza almeno di religione, e di cognizione di Dio. E per conoscere un poco meglio quanta sia questa offesa ch'elle fanno all'altissima Divinità, presupponiate che vi fosse un prence sovra tutti i prenci, che avesse tant'oro quanto non ebbero mai, se raccolto fosse stato, nè Crasso, nè Creso, nè Mida, nè Lucullo, nè il Tago, nè il Pattolo, nè Ermo, e meno le cave e mine di tutto il mondo, a cui venisse voglia di dare in dono centomila scudi per uno a mille mendici, sventurati e tutti pieni di loto, e volesse poi in brieve farneli con un suo figlioletto eredi di tutti i suoi beni stabili e mobili, e che così li facesse venire dianzi a sè, ed annoverasse ad alcuni scudi in oro, ad alcuni in argento, e che questi, ricevuti gli scudi in argento, pigliassero con le mani il sul petto quel prence, e volessero ch'egli desse ancor loro gli scudi in oro; che vi parrebbe signori, allora? Non vi parrebbe ella la maggior ingratitudine del mondo? Non vi parrebbe che siffatti ingrati non sarebbono degni di ritrovarsi sopra la terra? Sì, certo. Similmente sono contro di Dio ingrate e sconoscenti tutte quelle donne che, non contentandosi della naturale faccia, adoprano il liscio. Perocchè il prence, che ha tanto oro, è Dio, in cui sono rinchiusi tutti i tesori. Il dono di centomila scudi egli è la vita, che hanno da lui tanto cortesemente. I mille mendici carichi di fango sono le donne nate e concette nel peccato originale, come noi, e come noi di limo create. I coeredi sono pur le istesse, le quali da Dio sono state formate a fine che con Gesù Cristo unico di Lui figliuolo abbiano eternamente a godere delle delizie del Paradiso. I mendici, che hanno gli scudi d'oro sono quelle donne che, oltre la vita, impetrano ancor la bellezza del sommo Iddio. Quelli che gli hanno d'argento sono quelle, che con la vita riportano tanto di bruttezza paragonate con le belle, quanto ne riporta l'argento agguagliato all'oro. Quegli ardiscono di porre la mano al suo benefattore addosso, e dire che vogliono anch'essi gli scudi d'oro e non d'argento, così quelle fanno, quando col belletto mostrano di volere bellezza appresso la vita concessa loro benignamente dal cortesissimo e prudentissimo governatore dell'universo. Grande è adunque il danno dell'anima di queste donne siffatte, e infino ch'esse non rappacificano col creatore sbandendo e rosso, e bianco, e moscate acque, e quel tutto che lo può offendere, che se ne dee sperare? Ma io pure spero, che veggendo esse senza queste cose, e pura qual colomba la donna nostra che mezza è formata (da che la integrità nostra consiste nell'anima e nel velo, che è questo corpo) si ravvederanno, e ravvedendosi quasi chi ha smarrita la strada e torna indietro, torneranno a miglior senno, e sforzerannosi ancora, non potendo l'infinita bellezza esteriore, d'imparare la interiore, che tosto le siamo per concedere e perfettamente donare. E perchè non debbo io sperar questo? Sono pur le donne tanto pronte e gagliarde al bene quanto al male, pure in loro si mostra un ardentissimo desio di salvarsi, e se peccano peccano più per semplicità e ignoranza; nè sono, e so ben io che non erro, pigre e tarde a camminare per la via d'onore e di salute qualunque volta vengono avvisate ch'esse fanno il contrario. Pieno adunque di questa detta speranza, io condescendo a voglia vostra a dir della donna interiore, e delle parti che le si convengono a volerla vedere bella in perfezione, e sì che amabile divenga infino ai duri e insensati sassi, nonchè agli uomini generalmente, e alle donne.

Quivi, qual caduto nel corso veloce barberesco, non abbia interrotto l'arringo, stette, e seguì poi il signor Ladislao:

— Primieramente adunque le sarà in cura e in protezione vieppiù che cosa del mondo il suo onore e la sua castità, altissimo e singolarissimo pregio di ciascheduna donna, della quale qualunque per mala sua sorte priva resta, nè donna è più, nè viva, siccome ci avvisa Laura nel sonetto, *Cara la vita*, e la nutrice di Macario presso allo Sperone nella tragedia intitolata Canace, della quale castità qualunque riman senza, che può aver più di buono o di bello, come rispose la sfortunata Lucrezia al marito appresso Livio, e Angelica raffermò nel suo lamento appresso l'Ariosto? Ogni virtù, perduta la pudicizia, va per terra in una donna, la quale, mentre che salvo reca con seco il suo bel fiore verginale, è simile, come ben disse Catullo, e l'Ariosto in ciò sua scimia, alla rosa, che in bel giardino d'ogni intorno serrato e chiuso su la nativa spina riposandosi, e non avvicinandolesi greggia o pastore alcuno, è dall'aura dolce e soave, dall'alba rugiadosa, dall'acqua e dalla terra favorita in colmo, e giovani assai vaghi, e donne infinite innamorate e leggiadre desiano d'averla per ornare di lei e il seno e le tempie sue. Ma se quel fiore della castità è perduto subito, quella donna perde con esso lui tutto il favore e tutto l'amore, che le si voleva dal mondo a similitudine pure della rosa, la quale, rimossa dal materno stelo e verde ceppo, viene anco a rimovere da sè quel tanto di bene, di grazie e di bellezza, che dagli uomini e dal cielo aveva con tanta benignità, che vi si può aver inteso di sopra. Stando adunque nella salvezza di questa castità l'onore, e nella perdita il vituperio del sesso femminile, qual meraviglia è se di quelle, che veramente donne sono, molte se ne sono ritrovate che hanno a lei voluto posporre la propria vita? Io lascerò di dire quello che n'ha scritto di ciò il formator del Cortegiano, quel che si legge della casta Isabella appresso il Furioso, quel che si mostra appresso Livio intorno al fine del primo libro, appresso Ovidio intorno al fine del secondo de' suoi Fasti, appresso Dionisio al quarto, appresso Servio al Commentario ottavo sopra Virgilio, appresso il Petrarca nel sonetto, *In tale stella*, e in quell'altro, *Cara la vita*, e in mille altri luoghi della nomata poco dianzi e infelice Lucrezia. Io lascerò di dire delle tedesche, di cui Valerio Massimo al capo della pudicizia, ed il Petrarca in quello della castità m'hanno parlato, io lascerò di dire ancora d'Ippo femmina greca, di cui ai citati luoghi fanno menzione e Valerio e il Petrarca antidetti; e finalmente lascerò di dire di mille e mille, che piuttosto morire che perdere l'onestà hanno avuto in grado, e se non hanno potuto innanzi che fusse lor tolta (benchè contro la volontà tolta si può dire che non sia tolta, che la mente pecca e non il corpo) sono rimase morte dopo con la propria mano, come Lucrezia; si sono precipitate in qualche fiume per l'estremo dolore, come quella di cui l'esempio viverà in eterno nelle dotte carte dell'allegato pur mò formatore del Cortegiano. S'io non dirò adunque nulla di tante e tante, non dirò io d'alcune nostre vicine e meno antiche sì bene, or udite.

Presa da Attila la città d'Aquileia, la quale si potè ben tre anni da lui gagliardissimamente difendere, vi fu dentro una donna nomata Dugna, ricca di bellezza e possente di ricchezza, la quale, come le vennero veduti i nemici licenziosamente e crudelmente usanti la vittoria, perchè non le avvenisse di perdere la pudicizia, salì sovra una torre, che giunta era alla casa sua e riguardava sopra la Natissa, fiume vicino scorrente, e involtosi il capo in che che si fusse, vi si gettò precipitosamente.

Nella medesima presa, ruina, uccisione e disfacimento d'Aquileia trovossi un'altra bella e pudica donna chiamata per nome Onoria, la quale, mentre che si menasse via rapita da' fieri e orgogliosi soldati, si venne a caso ad incontrare nel sepolcro, ove giaceva il marito di lei. Quivi fermatasi, e quello con lamenti abbracciato, e l'amato nome del marito spessi fiate chiamando, non si potè mai d'indi staccare infino che da un empio e crudelissimo di quei soldati, che rapita l'aveano, non fu colla spada dall'uno all'altro lato trafitta, e miseramente morta.

Mi resta ancora un altro esempio di dire, il quale è che, sendo stata la perfida Rosmunda, quella che potè tradire e dare la città di Cividale in mano di Catanno re degli ungari, di cui ella n'era invaghita, in su un palo affissa poi, che di lei fu fatto ogni scherno, restarono due sue figlie, il cui nome era Appa e Giala. Queste essendo già cresciute vergini, e così di rara beltà come d'onesto rossore dotate, trassero a sè gli occhi di tutti incontanente; ma dubitando elleno del suo onore, si posero in seno fra le mammelle (o potenza della laude e del pregio!) crudi pulcini, perchè putrefatti venissero a discacciare da loro qualunque si volesse appressare, col fetore e con lo estrano puzzo suo. Così diedero un memorabile nel vero esempio di conservare intatta e sincera la pudicizia alle verginelle, e più nostre che d'altrui.

Ora se per salvare l'onor suo non hanno avuto cura della vita queste e dell'altre infinite, qual di noi è che non abbia pianto appresso Ovidio al sesto delle Trasformazioni con Filomena stuprata a forza dal crudele cognato? Qual di noi è che non abbia avuto compassione, e lagrimato con la sventurata Didone appresso Virgilio al quarto, dove nelle caldissime preghiere e chiusa per fare seco star Enea sì che non parta da lei, dice che per lui ha perduta la castità e quel bel nome, per cui solo n'andava a volo infino alle stelle? Ma queste sono favole. Qual di noi è che abbia tenuti gli occhi asciutti leggendo le amorose narrazioni di Plutarco, dove egli pone che, sendo per forza due sorelle svergognate da due, e stando esse oltramisura (come quelle che giudicavano di aver troppo perduto, avendo l'onore perduto) malinconiche e addolorate, furono alla fine dai corruttori in un pozzo per ciò precipitata e sepolte? Qual di noi è che leggendo appresso il Lando di quel suo molto intrinseco amico, che per opra d'un servidore, non potendo altrimenti, venne a godere delle rare bellezze d'una fanciulla padovana, che sempre gli era stata dura, non curando nè caldi prieghi nè larghe offerte, venne a godere, dico, al suo dispetto, non bestemmi a pieno lui, e della donzella non divenga tutto difensore, e non le aggia pietà e compassione? A cui poscia degna non parrà d'ogni laude la figliuola di Varrone, Marzia, la quale, essendo eccellente nella scultura e nella pittura; mai non si mise in animo di voler dipingere l'uomo, per non dipingere ancora le parti di sotto vergognose? A cui non parrà Zenobia, della quale di sopra è stato favellato, poi che pur con l'istesso marito non si congiungea se non per cagione di generare? A cui non parrà Baldacca abietta damigella peregrina, la quale ad Ottone imperadore promettentele (che povera era, e anzi bisognosa che no) monti, come si dice, e mari, non volse mai acconsentire? Ma della castità, della quale vogliamo che tanto la donna nostra sia di continuo guardinga, basti averne detto fin qui senza andare più oltra, e me e voi con soprabbondanti parole tediando. Ora le daremo un'altra bella parte e un'altra bella dote dell'animo, la quale fie l'onorata vergogna, nella giovinezza lodevolissima e tanto dicevole, che viene addimandata il colore della virtù, e la tintura della lode da' savi uomini. Il che Diogene affermò quando vide quel fanciullo tutto per rossore e vergogna nel viso divenuto vermiglio e colorito. E qual donna troverete voi di buon nome per gli scrittori, a cui non abbiano essi, come ottimo segno, conceduto la vergogna? Virgilio induce Lavinia vergognosa nel decimosecondo della sua Encide; Aconzio appresso Ovidio Cidippe; il medesimo Ovidio al terzo delle sue Trasformazioni Diana; al quarto Andromeda; al sesto Filomena; al settimo Procri, Tibullo; ma lasciamolo ora. L'Ariosto induce Angelica legata allo ignudo scoglio, e là, dove l'eremita le pose arditamente le mani in seno, e poi Bradamante e Marfisa quando videro Ullania in terra sì male in arnese. Il Bembo appresso gli Asolani induce e Lisa e Sabinetta e madama Berenice e quella damigella che, concordando la voce sua al suono della viuola, cantò la vaga canzonetta, *Amor la tua virtute*. Il Sannazzaro induce Amaranta nell'Arcadia, dove la rossezza venutale nel volto chiamò donnesca, come Tibullo ancora virginea; però che invero, s'ella non si trova nelle vergini, vi si dee trovare ed essere con ragione almeno e con debito. Il perchè Apuleio nel primo del suo Asino d'oro anco chiamolla verginale. Io lascio di provare a voi che ai giovani altresì, conviene questa vergogna, vergogna non villanesca dico, perchè mi fo a credere che la prova sarebbe quale ho sentito d'alcuni uomini, i quali vannosi volentieri mescolando e avviluppando intorno alle cose chiarissime per sè, come in provare che il sole gira, e il vento spazia, e la fiamma monta e il rivo corre all'ingiù, e chi non sa questo? E chi non sa parimenti che i giovani bisogna che sieno vergognosi? Adunque non accade provarlo, e meno accade provare che questa vergogna e questo rossore momentaneo disdica, come piacque di dire ad Astotile nel quarto dell'Etica ai vecchi ed agli attempati, però ch'egli si sa bene, che in loro non è degna di lode, ma sì di biasimo e vitupero anzi che no. Sarà adunque, tornando alla donna, il che vuole pur l'antidetto Ariosto nella prima Satira, vergognosa, sarà modesta, sarà rispettosa, che il rispetto, oltre che conviene ad ogni pellegrino ingegno e bene allevato spirito, pure nelle donne vieppiù, che così ne vengono ad apparire in non so che modo, come accennò il medesimo Ariosto parlando delle donzelle d'Alcina, più belle, più vaghe e più colorite. Oltre a ciò non m'ha da spiacere il fuso, l'ago, la conocchia, l'arcolaio in lei, e se questo, ch'io non so altrimenti, parrà di sì fatta donna indegno alle signorie vostre, e cosa, nella quale di lei le belle e sovrane mani, non vi si debbano in modo alcuno tramettere e logorarsi, io spero che una cotale falsissima opinione e credenza di ciò s'annullerà, sottentrando la verissima mia in quella vece, quando intorno a materia tale d'un poco di tempo mi avranno con diligenza, il che la lor mercè fanno pur troppo, prestate orecchie. Così detto si mise a ridere. O che questo ch'io procaccio di dare alla donna, come proprio e convenevole a lei, è cosa appartenente all'uomo, o pure appartenente alla donna. Ch'ella sia cosa appartenente all'uomo niuno il mi dica, che la verità e l'esperienza contraddice.

Adunque segue che sia appartenente alla donna, ma voi mi direte: o ancora noi confermiamo questo; ma siamo discordanti in ciò che vogliamo, che l'ago, il fuso, e il rimanente che tu ci hai detto, sconvengono alla donna e alle sue pari, e convengono alle minute, vili, meccaniche e plebee femminelle, e io rispondo che, oltre che il nome vi poteva fare intendere ch'io intendeva delle magnanime e gentili, delle magnanime e gentili questo dovrebbe essere, caso che non sia, ufficio, non però negando ch'egli non appartenga a tutte le altre ancora. E perchè ci concordiamo, e di gareggiare prestamente cessiamo, utile cosa sarà vedere e produrre nel mezzo quello che gli antichi scrittori ci hanno intorno a ciò lasciato nelle lor carte. Io trovo che Cesare Augusto non usava così di leggieri di portare altra veste che quella, che per mezzo delle mani della mogliera, della sorella, della figlia e delle nepoti gli fusse stata fatta e compitamente ridutta al fine. Or ditemi qui: se un tanto principe, quanto fu Augusto, ebbe donne sì fatte che gli fecero le vestimenta, pure di necessità conviene che questo succeda, che elleno si dilettavano, quasi di suo ufficio, di cucire almeno. Qual donna adunque sdegnerassi delle nostre gentili di cucire con una moglie, figlia, sorella e nepoti d'un imperadore? Virgilio al settimo, parlando della virile e bellicosa Camilla, dice che ella non era avvezzata e usa alla conocchia e ai cesti di Minerva, dove si pongono gli strumenti femminili. Il che non è detto in favor vostro, ma bene in mio; perocchè il poeta volendo mostrare Camilla aver rivolto l'animo solo all'arme, e alle sanguinolenti e oscure battaglie, ci avvisa ch'essa aveva postergato quello, che delle pari di lei e del suo sesso è proprio. Il medesimo ci si scopre nel Furioso di Bradamante, che fu colta da Fiordespina con la spada, e non con la conocchia al lato. E qual di voi non ha sentito o letto poscia quello che fece Alessandro il Magno verso la madre dello sconfitto già e vinto re de' Persi Dario? non le offerse pur egli, secondo l'usanza macedonica, subito ch'essa li venne veduta, la conocchia? Didone la bella appresso Virgilio al quarto non diede in dono al troiano Enea una vesta d'ardente porpora fregiata d'oro, la quale ella con le sue mani aveva fatta? Onfale reina di Lidi, quando Ercole era il suo vago, no'l fece sedere appresso a sè, e con seco maneggiare il fuso e la lana? Ma che? Rammentiamoci un poco di lei, che sì sovente viene ad onorare i nostri ragionamenti. Io dico Lucrezia, la bella romana, di cui si legge che, essendo nata una gara tra Collatino suo caro marito e Sesto Tarquinio, e Arunte e altri della casa del re Tarquinio superbo al tempo ch'egli tenea l'assedio intorno Ardea, quale di loro avesse la più sollecita, onesta e buona moglie, e perciò saliti a cavallo e inviati verso Roma, e poi verso Collazio per chiarirsi, ella fu colta da loro non come dianzi le nuore reali fra canzoni, salti, banchetti e carole, ma sì (o anima veramente degna d'impero assai e di lode eterna!) dare opera con le sue ancelle, e forse a quest'ora o poco più tardi, alla lana e alla conocchia. Catullo nell'Argonautica mostra essere stata usanza della nutrice e balia della madre del feroce Achille, Tetide, di recarle ogni mattina il filo ch'essa la sera aveva filato, perchè seguisse e n'andasse dietro. E lasceremo Minerva noi pur detta la dea dell'armi, e famosa al pari d'ogni altra? Questa non vinse ogni ricamo, ogni lavoro per bellissimo ch'egli fusse? ma lo invilupparsi nelle favole io so che proprio è un torre la fede alla verità, e però lasciata Minerva, a cui (presupponendosi che vero non sia quanto si scrive) pure le si dà l'ago e la tela, come a lei convenevol cosa, passiamo alla conclusione di ciò, e diciamo che sconvenevolezza niuna no, ma sibbene onore e pregio l'ago, il fuso, la conocchia e l'arcolaio, potranno arrecare a questa donna in ogni tempo e in ogni etate.

Potè con queste parole e altre simili assai il signor Ladislao mutare di proposito tutti sì, che pur uno non fu che non li desse largo consenso; il perchè egli poi soggiunse arditamente, e tutto allegro in questa maniera:

— Quando ch'io leggo appresso Virgilio di Circe tessente, e di Penelope in mille luoghi per gli autori, come appresso Omero, Ovidio, Giuvenale, Properzio e il Bembo, io non posso non essere di parere tale, ch'io giudichi dovere apportare anzi laude il pettine della tela ancora a questa donna che no; e siccome la goffa e quasi mendica femmina, che si leva appresso Virgilio la notte a filare, e la vecchierella appresso il Petrarca, non hanno potuto oprare in voi sì, che per essere ufficio di loro questo, voi no'l lasciaste anco alla donna nostra, così io vi prego che avvenga che il tessere oggi sia arte delle bisognose per lo più, non però vi cada in animo di volere negarle questa giammai. Vi muova l'esempio delle due antidette e generose donne, e vagliavi contro ogni colpo di contraria volontà, che vi assalisce, il terzo ancora di Pallade. Alle quali famosissime e nobilissime tanto gli uomini saggi hanno giudicato convenirsi la testuru quant'è l'ago e il fuso, di cui n'abbiamo parlato pur ora, e arcolaio e la conocchia. Queste arti, dove utilità solo nelle poverelle apportano, solo onore (e che altro dee una gentilissima apprezzare; e di che altro le dee calere?) alle ricche, e nobili e belle donne usano di conferire e di arrecare. Oh che dolce cosa è l'udire d'una qualche generosa: Ella fa così, ella sa così, ella si diletta di sapere che ogni cosa che spetta alla perfezione del sesso femminile e donnesco, ella non vuole niuna di quelle sentire che potrebbe essere dannosa circa il pregio e l'onore. E poco dopo: Benedetta lei, benedetta chi tale l'ha allevata, chi ben le vuole, e chi ben le brama. Ritiriamoci un poco ora al suonare, al cantare, al ballare col nostro ragionamento, e se possibile è, che la nostra donna s'adorni, e se le accresca beltate alla sua beltate con tai mezzi altresì, altresì adorniamola, e abbelliamola a tutto nostro potere, il che quanto con più diligenza ci sforzeremo di fare, tanto più ci verrà fatto, come si dice, a filo, e siccome desideriamo, se il giudicio mio, che ciò mi va dettando, non erra e non esce di via. Io adunque tengo fermissimo la musica, dove le tre cose antidette intravvengono, tra l'oneste professioni potersi annoverare: e quinci è che Socrate già vecchio e antico volle impararla, e volle che i giovanetti bene allevati e di buona creanza in essa si ammaestrassero, non perchè avesse ad essere loro un solfanello di lasciva, no, il che può avvenire ai dissoluti, ma un freno, il quale i moti dell'anima reggesse, e sotto regola e ragione li tenesse. Perciocchè siccome non ogni voce, ma quella solo che ben consona viene alla melodia del suono aspettare, così non tutti i moti dell'anima, ma quelli solo che convengono con la ragione appartengono alla diritta armonia della vita. Volle Pericle ancora che il nipote Alcibiade si desse allo studio di cotale arte onestissima tanto appresso greci è apprezzata, che, oltre che la posero nel numero delle liberali, fecero che qualunque uomo di essa indotto e senza si trovava, era giudicato imperito e ignorante; il che, come scrive Marco Tullio, avvenne a Temistocle ateniese uomo chiarissimo, il quale ricusò in un pasto la lira; e Epaminonda Tebano schifò questa infamia cantando, anzi sonando divinissimamente con esso lei. La musica può acquetare gli animi furiosi, e le passioni tranquillare per grandi ch'elle si sieno, e levare noi da queste tenebre e folta aria alla lucidissima macchina distinta di tanti folgoranti e bellissimi lumi che ci sovrastano, e quasi falconiero col logoro ci chiamano e ci sgridano di continuo perchè a loro pervegnamo quasi alla nostra primiera origine e descendenza, quando che sia un giorno tolti al sonno gravissimo che ci chiude e opprime continuamente gli occhi di dentro. Ma a che stendermi io in lode della musica? Non sarebbe questo, avendo già mille preso l'assunto, un portare, com'è in proverbio, alberi alla selva, acqua al mare, foco a foco, vasi a Samo, nottole ad Atene, crocodili ad Egitto? Non sarebbe un volere ritessere la tela dell'antica Penelope? E che farebbono poi in servigio di lei centomila mie laudi, ch'io le dicessi di buon cuore? per giudicio mio, nulla; perocchè io mi fo a credere che essa (il che Simmaco appresso ia Macrobio di Virgilio parlando non tacque) siccome per maldicenza di chi si vuole non viene a scemare e a diminuire la sua gloria, così parimente per loda non viene in modo alcuno a farlasi maggiore e più ridondante di quella, ch'ella continuo vedesi avere in ogni luogo e in ogni stagione dell'anno appo, quasi ch'io non dissi, ogni persona e ogni condizione di stato e di grado. Voi averete pazienza a questa fiata, signor Ladislao, dissero, sendo egli qui giunto, i compagni; e perchè ei non lasciasse di dire alquanto in grazia e in onore, come aveva disegnato di fare, della tanto, ma brievemente, da lui commendata musica, incominciaro a dannarla come maligna e rea che si fosse, e non di buoni e casti, ma di perversi e impudichi effetti producitrice; e sovra ciò non pochi esempi, e autoritati per loro facenti allegati fecero ch'egli incominciò così: Voi dite che Alcibiade usava di dire, che gli strumenti posti alla bocca, perchè si sonasse, diformavano il musico, perciocchè gonfiando egli le guancie a pena vi si conosceva dagli amici non chè da altrui, e che esso per arrossito un giorno ruppe lo stormento offertogli dal maestro, e potè far sì (avvenga ch'egli fosse garzone) che allora con consenso di tutto il popolo l'uso di siffatti stormenti vi si lasciò in Atene. Voi mi dite che per la medesima cagione Pallade gittò nel flessuoso e indietro tornante Meandro la sua sonora tibia, la quale poi tolta dal male insuperbito satiro Marsia (ma tacete questo) fu cagione ch'egli provocò, come ben disse il Sannazzaro, Apollo agli suoi danni. Voi mi dite che Apollo antidetto strangolò un fistulaio, e che i Persi e Medi regi avevano i musici per parassiti, e che Filippo biasmò Alessandro suo figliuolo, perchè una volta fra le altre dolcemente l'aveva udito cantare, e che Antigono suo pedagogo, trovandosi esso intento pure al cantare, gli spezzò la cetera. Voi mi dite che gli Egizj, biasmando la musica come cosa inutile, dannosa e lasciva, la vietarono ai giovani, e che non per altro ella fu trovata, salvo per ingannare gli uomini, e che le Cicone femmine perseguirono Orfeo, perchè col suo canto dilettava i maschi, facendoneli raggioire, e che i cento lumi d'Argo furono per mezzo d'una sola fistola chiusi in sempiterno sonno. Voi mi dite, che Atanasio vescovo di Alessandria uomo di gran santità, e di profondo sapere, alla cui lezione San Girolamo instantissimamente ci esorta, la scacciò dalla chiesa, perchè troppo mollificava e inteneriva gli animi nostri, disponendoli alle lascivie, e a' vani piaceri, e che poi oltre, ch'ella aumenta la maninconia, se per avventura avviene che da quella prima assaliti siamo. Aurelio Agostino maestro di santa chiesa non l'approvò mai, e meno Aristotile quando disse che Giove non cantava nè sonava di cetera. Voi mi dite finalmente che alcuno si è trovato, il quale cantando vieppiù dolcemente del solito tra i sospiri del suono se n'è passata all'altra vita; e conchiudete per queste tutte autoritati, ragioni ed esempi (aggiungendo che Antistene filosofo, avendo udito dire che Ismenia era un ottimo ed eccellente citaredo, o pure sonatore di tibia, mandò fuori quelle parole: egli è un uomo goffo, rubaldo e da poco Ismenia che s'egli fosse uomo dabbene non si sarebbe dato a tale arte ed a tale mestiere) conchiudete, dico, che la musica è di sua natura tutta rea, tutta malvagia, e che si dee da tutti, non che dalla donna, a cui io procaccio di farla imprendere, fuggire e odiare a morte.

Ma ditemi qui, volete voi ch'io ribatta quanto avete detto or ora per burla, quanto ch'io mi creda, contra la musica, oppure evvi in grado e in piacere, ch'io senz'altro fare in prode dica?

— Che in prode diciate, risposero eglino, e quali ciò che avevano detto, avevano detto per udire della musicale lode favellar lui, il quale quasi che subitamente disse:

— La musica è arte di tanto eccellente grado, signori, che infino le fiere, gli augelli e i pesci è possente di raddolcire, infino i sassi può intenerire, infino lo inferno può far gioire. Il perchè Orfeo ben si dipinge, poichè egli potè per mezzo della sonante cetera oprare ciò, in mezzo degli uccelli degli orsi, tigri lupi e leoni; e non sarebbe fuori di proposito a dipingerlo ancora in mezzo dello inferno vinto col suo dolcissimo canto e giocondissimo suono. D'Anfione mi taccio per ora, che infino i calzolai, e i barbieri sanno quanto egli potè col soavissimo concento della cetera nell'edificazione della rocca tebana. Stupiscono i paurosi cervi col canto della tibia e più che cervi? tutti gli animali, come è su stato detto. E perchè pure di pesci pare meravigliosa cosa vieppiù, non v'incresca d'udire, una tale istoria appresso gli autori volgatissima e cantatissima. Fu Arone eccellentissimo citaredo, il quale, repatriando con alcuni, e veggendosi da loro congiurati contro a lui apparecchiarsi le insidie, mentre che fosse in mare e navigasse, per le ricchezze che seco ne recava a casa, presa la cetera sua, e in prima sonato un poco, si gittò in mezzo al mare, per lo cui canto vi si mosse un Delfino, il quale toltolo in su la schiena lo portò salvo al lido, dove egli a cavallo del pesce natante fu un immagine di bronzo intagliato per memoria di cotale avvenimento. Le acque sentono la forza della musica; laonde egli si legge, che in una certa regione ha una fonte, la quale al suono delle tibie non può fare che non salti e guazzi di subito e per dire di lei partitamente alquanto, che meraviglia è, (poichè le fiere de' boschi, gli augelli dell'aria, i pesci del mare, i sassi delle vie, le anime dannate dell'abisso, e le acque le stanno soggette) se l'anima nostra tanto viene a dilettare, che nulla più? l'anima nostra, dico, la quale dalle celestiali armonie discesa ne' nostri corpi, e di loro sempre desiderevole, di quest'altre a sapere di quelle s'invaga più gioia sentendone, che quasi non pare possibile, e chi ben mira, di cosa terrena doversi sentire. Benchè non sia terrena l'armonia, anzi pure in maniera con l'anima confacevole, che alcuni dissero già essa anima altro non essere che armonia. Per questa ella ad un santo e devoto piacere, e alle volte a pietose lagrimette si muove e vanne. Laonde certissimo sono che per ciò il buono e divinissimo Ambrogio non volle la musica dalla chiesa isbandire. E Agostino non tanto vi s'attaccò ad Atanasio, di cui voi n'avete sopra fatto menzione, quanto ad Ambrogio; perciocchè nelle sue confessioni dice l'una e l'altra averli piaciuto di queste due opinioni, e averli partorito gran dubbio nella mente sovra ciò. Che meraviglia è se i poeti ne' convivi e ne' pasti vollero che la musica intravvenisse, la quale venisse mirabilmente ad ingombrare i seni di tutti di allegrezza infinita? Omero (il perchè vero si può giudicare quel che disse Timagene, la musica essere antichissima) nel primo della Iliade induce nel convivio degli Dei a cantare le Muse con soavissima voce concorde al suono, come dice l'Ariosto, della cornuta cetra d'Apollo. Virgilio nel primo altresì della Eneida sua induce nel convivio reale di Didone il crinito Iopa sonante; così gli altri poeti di minor grido e dopo nati, ad esempio e similitudine fanno ne' finti loro conviti e banchetti onorati. Così fa Apuleio nel sesto del suo Asino d'oro nelle nozze di Cupidine e Psiche, dove delle muse due cantano, Apollo colle delicate e musiche sue mani tocca la cetera, e Venere bella va danzando e carolando intorno; e Aristotile, che è tenuto il maestro di coloro che sanno, nell'ottavo della Politica non biasma questa costuma, anzi poi che ci ha avvisato la musica doversi usare nelle cose allegre, soggiunge, allegando Omero, essere ben fatto che il citaredo suoni fra le delizie conviviali, il quale aggia tutti a rallegrare quelli che presenti sono al banchetto e al convivio. Che meraviglia è se comune opinione è in piedi sorta, che Platone (il quale nel secondo delle leggi- dice che i Dei, avendo compassione a noi di questa faticosa vita, instituiro le ricreazioni delle fatiche, e ci diero ancora le Muse, e Apollo loro duce, e Bacco, i quali con piacere c'inducono a ballare e saltare bene spesso) che Platone, dico, a cui non spiacquero i salti e balli, senza la musica, e massime nel Timeo non si può intendere? O musica sovra ogn'altra cosa dolcissima e vaga, io credo che senza te noi non potremmo vivere al mondo, siccome senza gli elementi non si può in vero in modo niuno; senza te non vivono le anime beate e gli angeli celesti, i quali con perpetue e dolcissime voci lodano quella prima ed eterna causa, ch'è Iddio Ottimo Massimo; senza te (se vera è quella dolce armonia, la quale ne' cieli pose e affermò con dotta persuasione il divino Pitagora) non si ruotano e girano le spere mai. Tu inanimivi e accendevi gli eserciti spartani. Tu non fosti isprezzata, ma commendata da Licurgo purissimo legislatore. Te Platone (il quale insieme con Aristotele comandò che primieramente fosti imparata, e ti giudicò non senza giudicio buona mezzana di comporre i costumi della repubblica) credette necessaria all'uomo civile e politico dover essere in ogni modo. Te senza dubbio gravi filosofi, e prudenti uomini, te le muse amano, per lo cui mezzo venisti in cognizione al mondo. Marica Iperbolo nulla per tuo mezzo diceva di aver apparato, salvo che le lettere. O guadagno inestimabile! Aristofane mostra che gli antiqui volevano che i suoi fanciulli apparassero te; il perchè si legge in Menandro di quel vecchio, il quale, dimandando che ciò che in allevazione del figliuolo aveva speso renduto gli fosse, dice che molti denari aveva dato a' musici e a' suoi seguaci. Orando Gracco, un suo amico gli stava dietro con la fistola sonante. Pitagora, veggendo certi giovani accesi, e disposti ad isforzare e combattere una pudica casa, con accennare e comandare ad un musico che sonasse il canto spondeo, gli venne a pacificare e chetare pur per te. Crisippo volle che le nutrici e balie avessino parte di te, perchè i bambini traessero al suo canto, e gli racchetassero qualora piangevano. Sarebbe una fatica da spaventare un Ercole a dir tutte le lodi tue; sarebbe un voler proprio ad una ad una annoverar le stelle, e in picciol vetro chiuder tutte le acque, come dice il Petrarca. Per la qual cosa, tornando io alla donna, raffermo che le ha da essere di non poco onore; se d'imparare a toccare o viuola, o liuto, (che questi due strumenti più mi piacciono) leggiadramente non si disdegnerà. Tenete certo che quelle vaghe damigelle appresso il Bembo sonanti l'una di liuto con maravigliosa maestria e l'altra, di viuola, grandissima laude appo la reina di Cipri, e altre gentildonne, e onorati signori convenuti in Asolo per onorare le nozze che si celebrarono così gaiamente, vennero anzi a riportare che no. Il medesimo Bembo nel secondo degli Asolani viene nelle giovani a commendare, quando sotto persona di Gismondo dice così: Oh con quanta soavità ci suole gli spiriti ricreare un vago canto delle nostre donne, e quello massimamente che è col suono d'alcuno concordevole stromento accompagnato, tocco delle loro delicate e musiche mani. Suonerà adunque la donna nostra alle volte a tempo e a luogo, ma sempre modestamente, ma sempre riverentemente, e non pur suonerà, ma canterà a danzerà ancora, come le si conviene e non più, cioè con rispetto grande e vergogna nel volto. Il che sempre le ha da essere dicevole e convenevole assai fra gli uomini. E se non fosse ch'io m'apparecchio a dire delle altre cose appartenenti alla donna, io mi occuperei a provare per gli autori, e non pur per l'uso buono che vi è, più diffusamente che le conviene il sonare, che le conviene il cantare, come ci ha mostro il Petrarca per mezzo di Laura nel sonetto, *Dodici donne: Onde tolse Amor l'oro: Grazie, ch'a pochi il ciel: Amor m'ha posto: Quand'Amor i begli occhi*, e che le conviene il danzare. Il che si cava dal sonetto, *Real Natura*, e forse da quello, *Avventuroso più d'altro terreno*, per passarmene via delle Grazie e delle Ninfe, le quali i poeti, come Orazio al quarto de' Carmi suoi all'ode settima, inducono carolanti e danzanti al tempo che ringiovinisce l'anno, e gli alberi si rivestono; ma ora io non posso senza mio e vostro gran disagio in ciò trattenermi, perciocchè, qui dimorando, e restandomi a favellare assai circa la donna, quando avrei io compito? E quando avemmo tempo di andarci a riposare? Meglio è adunque che quel poco di tempo che ho di poter qui ragionare con esso voi intorno alle cose appartenenti pure alla donna, io venga a partire in guisa e in maniera, che non in una solo, ma in tutte tutto io lo spenda, e, come si chiede, io lo sparta e il consumi. Il perchè dell'ostinazione, la quale suole essere alle volte difetto nelle belle donne non altrimenti che soglia essere ne' bei cavalli il restio, dirò così alla distesa quattro parole in prima ch'io mi volga ad altro. L'ostinazione, vizio pure abominevole, non voglio che vi si trovi in questa donna nostra per modo niuno. Perciocchè, siccome in un bellissimo e finissimo panno disdicevole è vieppiù, che in uno non così bello nè così fino, una macchia che suso vi segga e vi stia talora, così un vizio in un bel corpo e in uno non men bello animo stranamente viene più a bruttare e a deformare o uomo o donna che si sia, che s'egli in sozza persona e non dissimile animo si trovasse allogato, e ivi tenesse il suo nido, e dimorasse come in propria stanza. Il medesimo ci è dato a vedere della virtù, qualora accade di potere vederlo. Ma tornando all'ostinazione dico, che essa spetta alle mule spagnuole, e non alle belle donne, delle quali scarse del pregio e del suo onore non sarebbe se non loda il dimostrarsi a chiunque si fosse esorabili e arrendevoli quantunque volte loro vi si scoprisse l'agio e l'occasione di poterlo fare. E perchè mi sovviene una dilettevole facezia ora d'una femmina ostinata, anzi ostinatissima, anzi l'istessa, per quel ch'io mi creda, ostinazione, io, voglio che noi ridiamo un poco; ma uditemi prima s'egli non vi è discaro e in dispiacere l'udire. Era adunque una femmina, la quale maritatasi in non so chi (che il volgo, e bassa gente, come amendui erano, giace senza nome e senza fama) aveva detto a suo marito, qual che si fusse la cagione ch'egli era pidocchioso. Questi, salito in colera, volle allora allora ch'ella si disdicesse, e incominciolle a dare di buone pugna e di buoni calci; ma ciò era nulla con lei, e, come dice il proverbio, un pestare acqua in un mortaio, un parlare a sordi, e un volere imbianchire un Etiopo e lavare un mattone. Alla fine, veggendo egli che non solo non si voleva ritrattare essa in averlo chiamato pidocchioso, ma perseverava in tale villania, prese una fune, e legata con essa la moglie al traverso come vi si legano le some, a suo malgrado giù per un pozzo calolla, e non venendosi ella per ciò a pentire, ma pure all'usanza stando ostinata e salda nel suo proposito, fece che il marito la mise giù infino alla bocca, e così pian piano, non giovandole ciò punto, infino sopra la terra; il perchè, non potendo essa parlare e chiamarlo pidocchioso ancora, com'aveva voglia e sommamente desiderava, incominciò (oh ostinazione singolare e a niun'altra seconda!) a urtare le unghie una contro l'altra in quella guisa che ci è dato a vedere i furfanti fare, qualora (il che sia con vostra riverenza detto) i lividi, o negri che vogliamo dire, soldati pugliesi, o fiamminghi, s'hanno il filo della schiena nero, o levantini se sono del tutto bianchi, o quali portarono già i primi fondatori dell'Ordine Minore se sono d'uno schietto e vero bigio, vengono loro in mano e in pugno frettolosi di farneli andare alla morte.

Non poterono tenere qui le risa i gentiluomini sì per la novelletta in sè pur bella, si anco perchè nel fine vi si mostrò un poco anzi sfacciato che no il signor Ladislao, il quale, poscia che anch'egli con loro ebbe riso alquanto, si rimise a dire:

— Non superba, non maledica, non chiacchieriera, non accusatrice sarà la donna nostra; superba non sarà, perciocchè cosa niuna è di questa nè più odiosa e nemica spiacente al magno Iddio, il quale l'angelo da lui creato più bello volle che fusse per ciò relegato in parte oscura e cava senza mai potere più su ritornare, onde co' suoi maligni e perversi seguaci con perpetuo scorno venne a cader giù. La superbia è un principio, è un fonte onde i ruscelli d'ogni peccato spicciano, ed un ceppo onde i rami, cioè i delitti di ciascheduna sorte germogliano, e per lei Nabuccodonosor qual bue sett'anni andò pascendosi d'erba e di fieno, e quinci e quindi errando come selvatica bestia e animale irrazionale. Oimè, ch'io non so quale che sia quella cosa, per lo cui mezzo noi c'insuperbiamo! io non la trovo s'io bene la cerco; se forse non fusse questa (ah infelici e stolti noi) che siamo terra e cenere, oppressi dal fascio di mille peccati, soggetti a morire, esposti a mille sventure, miseri, come disse Omero, più di qualunque cosa che la terra nutrichi, ciechi fra le vane speranze e perpetue paure involti, del passato pieni di oblivione, del futuro e del presente pieni d'ignoranza, insidiati da' nemici, abbandonati per morte dalli amici, accompagnati da continua avversità, lasciati da fuggitiva prosperità. Il che, se madonna Cianghella (di cui dice il Landino sovra Dante essere stata tanta la superbia, che un giorno venuta ad udire la predica, e non le sendo dalle donne quell'onore fatto ch'essa averebbe voluto, molte ne prese per li capelli e per l'orecchie) avesse considerato un poco per minuto, io voglio ben credere che faccenda ad ogni bocca sopra gli fatti suoi ella non avrebbe dato giammai, e meno se l'avrebbe pensato di dare. Maledica non sarà, che (avvenga dica il proverbio essere ciò il quinto elemento) il dir mal d'altrui è vizio gravissimo, e chiunque dice che li pare e piace, quel che non li pare bene e li dispiace viene ad udire bene spesso poi, e non fusse peggio. Ma vi è peggio, che la vita si perde alle volte, e bene il seppe Dafita il grammatico, il quale, preso per avere infamati e morduti co' velenosi suoi denti regi, fu senza pietà e compassione niuna crocifisso in su'l monte Torace. Il perchè fece che n'usci fuori e ne nacque il proverbio con le male lingue, il quale è, Guardatevi dal monte Torace. Vedete Plutarco nel libricciuolo ch'egli fa dell'allevazione de' figliuoli, e troverete che un Sotade e un Teocrito filosofo divennero partecipi della mala sorte che hanno alle fine questi latranti cani. Considerate ch'è vero proverbio che si ha in bocca tuttodì, la lingua cioè non aver osso, ma ben farsi ella dare giù per lo dosso. Considerate che se Cicerone e Demostene avessero posto un freno alla strabocchevole e scapestrata lingua loro, eglino avrebbono vissuto forse più alla lunga, e meno crudelmnete sarebbono morti che non morirono. Niuna parte del corpo nostro, come ben disse il Petrarca ch'ebbe fior d'intelletto, è più pronta a nocere e più difficile a frenarsi che la lingua nostra, della quale soleva dire Esopo di Frigia, favoleggiatore eccelentissimo, niuna cosa ritrovarsi più buona, nè più cattiva. Il perchè io non mi meraviglio di Zenocrate se dimandato e chiesto da un di quei compagni maldicenti, co' quali esso si trovava ad essere, perchè anch'egli non pungesse e non dicesse male d'alcuno, rispose così: Io sono perciò tacito, che il maledire altrui m'ha fatto alcuna volta pentire; ma non già mai il tacere. Il che poi è da Probo ne' Carmi attribuiti a Catone, e dall'Ariosto, là dove dei giochi d'Alcina e de' secreti parla, leggiadramente stato imitato con dire,

Che raro fu a tener la labbra chete

Biasmo ad alcun, ma ben spesso virtute.

La maldicenza è tanto odiata dagli uomini che la fuggono, ch'io non lo vi potrei unqua agguagliare a parole. E se non fosse, che'l proverbio usato dal Petrarca ne' suoi dialoghi, cioè oggi essere meglio ferire Ercole, che pur un villano, mi tiene a freno, e mi dissuade, io mi andrei aggirando intorno gli esempi, non solo antichi, ma moderni, in provare quanti odj, e morti ella suscitati, e levati ha ne' nostri tempi, ma mi taccio. Chiacchieriera non sarà, perchè l'avere del parabolano, o cicalone chi è che dubiti, che più non disconvenga alla donna, che all'uomo? E tanto viene questa sconvenevolezza ad essere maggiore, quanto più sono pregiati, e orrevoli quella, e questi. Bisogna sapere, per potersi rattemperare nel parlar nostro, che l'alma e migliore Natura, ch'è Iddio, ci ha voluto dare due orecchie, e una bocca, e questo per scoprirci ella; che più le piacerebbe, e le sarebbe più in grado assai, vederci poco favellare, e udire più in servigio e utilità nostra; ma noi non avvertiamo a questi secreti, che sono in noi dal Cielo infusi, e così di berlingare, cinguettare, e ciarlare non facciamo mai fine, mai non molliamo, mai non finiamo, dalle, dalle, dalle, dalla mattina infino alla sera.

Il perchè, se vero è ciò che dicono questi fisici, che quel membro, il quale fra gli altri, l'animale bruto, l'uccello, e il pesce viene più ad esercitare, viene anco più a piacere al palato, come più saporito, e ad essere più sano allo stomaco, niuno boccone dee nel vero essere più piacevole, e ghiotto, nè migliore che la lingua nostra, anzi che la lingua delle donne, disse qui l'eccellente Dottore, e tacque poi, non avendo quasi interrotto un punto il signor Ladislao, il quale seguendo:

— Io so bene, rispose, come i partegiani degli uomini, e i nemici delle donne hanno favellato; ma io avrei avuto caro, che eglino avessero postergato la passione e l'odio che immeritevolmente hanno portato a questo sesso, e a questa schiera donnesca, che adorna e abbella pure a lor mal grado il mondo, e forse altro giudicio, e diverso molto oggidì vi si leggerebbe nelle carte loro, che non si legge. Io dico che le donne non sono tanto ciarlatrici, quanto per iscrittura vi si mostra, e siccome qui hanno gli scrittori errato, di leggieri ponno nell'altre cose aver fatto il simigliante anzi che no; deh guardiamoci un poco noi, e diciam poi di loro. Ma io torno al luogo, onde io mi partii, perchè alcuno non dica, che avendo io gittato in occhio altrui, ch'essi hanno fatto male per astio, odio ed invidia, a me starebbe bene, e converrebbe che mi si fosse gittato l'aver fatto bene per l'opposito, cioè amore e benevolenza ingannatrice, come usava di dire Platone, di veri giudicj. Il che se bene mi fie opposto, non mi curerò mai delle opposizioni, ch'io amo piuttosto di lasciarmi ingannare, il che non concedo, da amore che da odio, come questi malvagi e maldicenti si lasciano il più delle volte. Ma tornando pure, come di sopra ho detto, onde mi venni a partire, noi siamo, dico, troppo linguuti, il che non voglio che sia nella donna nostra, la quale ancora schiferà di tutto potere di non amare il vizio delle accuse, che queste tali sono fuggite dal mondo, come sono le croci dal diavolo, e più sono odiate, ch'egli non è da lui. Chi ha un cotal vizio è stranamente macchiato, e io non credo mai che sia caro al Cielo, dove, acciocchè salga, isforzare si dee ognuno per mezzo delle virtuti. Soleva dire Domiziano imperadore, che chi non castigava gli accusatori, gli veniva ad infiammare, e a farneli più, e più accusatori. Ma vegniamo ad altro oggimai. Della religione sarebbe da dire, ma non mi piace, che se mi avesse piaciuto, là dal principio, ch'io incominciai a descrivere interiormente qual essere dee questa donna, n'avrei ragionato alquanto. E se mi dimandassero vostre signorie perchè qui me ne passo col piede, come si dice, asciutto, io risponderei loro quel che già mille e mille anni a coloro che'l dimandarono, perchè egli non avesse posto nelle sue leggi la pena ed il supplicio che n'avesse a patire un occiditore del padre, rispose Solone; cioè, non mi poter persuadere, che v'abbia donna alcuna empia e irreligiosa, com'egli non potè credere, che v'avessero di quelli, che osassero con estrema malvagità di torre quello al padre o alla madre che essi avessino da loro avuto con grandissima cortesia, la vita dico. Come adunque ella si debba intorno al bere e al mangiare con regola, e misura a lei convenevole instruire, io ne dirò dieci parole or ora. Egli si sa da ognuno che Noè, sendo fuori dell'Arca uscito (come ci insegnano le sacre lettere), si mise diligentemente ad arare la terra, e con le proprie mani a piantare le viti, dalle quali s'avesse a produrre e generare l'almo liquore, che addimandiamo vino, il quale poi generato è stato per tutto il mondo, come veggiamo, diffuso. Ma non è piccola briga appo alcuni questa, s'egli meglio sarebbe stato, che non vi fusse mai nasciuto. Considerati gli effetti suoi buoni io, e con la volontà divina la cattiva e irregolata nostra umana, risolutamente dico, e assertivamente affermo, che meglio è stato, che senza lui non vivesse la generazione razionale, che l'uso, dove l'abuso è cattivo, è buono, e niente è da credere, che s'avesse posto a fare Noè, se l'altissimo Iddio non glielo avesse rivelata, e se la nostra ingordigia, per lo suo mezzo viene a cagionare molti e molti mali, non bisogna per ciò dire e conchiudere che non sia cosa buona il vino, e che beati noi se non l'avessimo.

La colpa è nostra di quanti quinci scandali si levano, e mai si leveranno. Il vino (pure che non ci partiamo dalla giusta misura) maravigliosamente ci accresce le forze del corpo, ci accresce e ci aguzza lo ingegno, il che non spiace al divino Platone principe de' filosofi. Egli vale a potere allegrare i cuori nostri afflitti e sbattuti da lunghissimi travagli, e da lunghissime cure. Chi non ne bee, non è ben atto al generare, è privo o casso d'ardimento e di robustezza corporea, ha debole e inferma la virtù concottrice, e finalmente tosto viene a morire. Il vino raffrena il vomito, fa digerire, aita lo stomaco, e giova a' nervi. E s'io volessi annoverare tutto il bene, che ne viene all'uomo per mezzo di lui moderatamente bevuto, non è dubbio, che infino al dì non mi stendessi ragionando; ma perchè studio d'essere breve, e di non vi attediare lascerò questo, e narrerò gli sconci, che non per sua colpa, ma per la nostra può di leggieri cagionare, acciocchè poi la donna nostra, veduti gli effetti che dalla sobrietà risultano, e dal contrario di lei, con tutte le forze sue procacci di schifare l'ebbriachezza e ogni superfluità del bere, amando piuttosto d'essere detta sobria, che ebbriaca dal mondo. Dal vino adunque in sè buono, ove immoderatamente si bee, si cangia la mente, sorge il furore, si scoprono i secreti dell'animo. Egli non lascia guatare il sole nascente, fa prestamente morire; quinci'l pallore si genera, la imbecillità, la guerra, la sfacciataggine e l'ardire di commettere ogni delitto; quinci si fanno le gote pendenti, gli occhi infermi, le mani tremanti, i sogni furiosi, e il dormire inquieto; quinci sorge la lascivia, e pieni di fetori mattutini rutti, l'oblivione quasi di tutte le cose, e la morte della memoria. Avrà adunque riguardo la donna di non essere tanto vaga del vino che incorresse in sì fatti errori, ne' quali, o vergogna degli uomini! alcuni ben sovente si veggono incorrere tuttodì. Ella berrà con quella modestia, che le si conviene e le si dice, e mai non si allontanerà dalla non picciola, e poco lodevole virtù della mediocrità, la quale altresì ingegnerassi nel mangiare di tenere, perciocchè troppo e superfluo mangiare ci fa smemorati, e non ci lascia pervenire a quella grandezza di corpo, alla quale perverremmo attenendoci alla mediocrità. Quanto viene a spettare alla favella, di cui non abbiamo ancora favellato, e pure ne bisogna favellare, io voglio ch'ella sia onesta sempre, e sempre piena di onore, che se fosse inonesta e carca di disnore, tanto si converrebbe a lei, quanto ad un bellissimo fodero una spada di cattivissima tempra, o piuttosto ponderoso, e debole piombo. Qui mi pare non disconvenirsi quel che del Piovano Arlotto mi ricorda già d'aver letto e notato: Egli aveva veduto un giovane benissimo in arnese, il quale tanto sozzo nel parlar suo si mostrava, che nulla più; il perchè a lui rivolto: o tu, disseli, usa parole conformi alle vesti n'hai nel dosso, o veste conformi alle parole c'hai usato e tuttavia usi; oltre a ciò ella sarà (il che fu in Laura, come abbiamo nel sonetto, *Quand'Amor i begli occhi*) chiara, soave, angelica, divina e del potere che si vede nel sonetto, *Oimè il bel viso*, aver avuto pure quella dell'antedetta Laura.

A queste parole molte n'aggiunse dell'altre, e quasi infinite continenti, e insegnanti la perfezione della donna interiore, il signor Ladislao, tutto in ciò solo intento, e con la lingua, e con l'animo poco, o piuttosto niente segno di stanchezza, o di pausa dimostrante di volere ancora dare.

Alla fine scorgendo passata essere l'ora, nella quale egli, e gli altri nelle due precedenti notti solevano finire i ragionari, e dopo andarsene al letto, per ultima dote, che diede alla interiore donna, le diede di lettere, delle quali ci mostrò con esempi antichi e moderni, e con autoritati assai, e con ragioni più, s'io non erro, di mille, non altrimenti essere men capaci le donne, che gli uomini, anzi, s'io bene mi ricordo, ci fece vedere, che ancora più.

Appena aveva tocco la meta il signor Ladislao, che, lui, lasciato di sguardare, si rivolsero tutti a far vedere con ragioni vive uno dopo l'altro la sua Diva avvicinarsi più alla donna, e poi dirizzarono a me gli occhi, desiosi di conoscere quale delle amorose loro venisse da me per la più bella e per la più leggiadra, dopo tanto aspettare, e dopo tanta incresciosa dimora, risolutamente giudicata. Io qui pregai loro caldamente, che due parole (e ciò larghissimamente mi concessero) mi lasciassero innanzi ch'io scendessi al giudicio ch'aveva da fare, dire sole, e incominciai rivoltomi al signor Giacomo così:

— Tale donna, quale in questo vostro realissimo, e solo degno di voi altiero Palagio è stata e da voi e dai compagni formata, ha da venire col crescer degli anni suoi fanciulleschi ancora, signor mio caro, la vostra figlioletta, la quale è di voi e della vostra cara e orrevole mogliera solo bene, singolare piacere, unico conforto, speciale contentezza. Il perchè voi vi avete da rallegrare, e, ringraziando il cielo di sì fatto dono, di perpetuamente gioire, e di perpetuamente godervi in seno. Tacqui a tanto; e poi volendo incominciare a fornire il rimanente, ecco, appresso a questo lasciarmi, e via partirsi il sonno, nel quale, con mia non poca dolcezza e contento, aveva tutte le sovra dette cose ampiamente vedute, ed occhiate. M'increbbe, monsignore, ciò stranamente, perciocchè s'io avessi potuto anch'io un poco ragionare (come a me pare, che vi si chiedea) io so bene, che quantunque la signora Ortensia, perfettissima opra di natura, ov'ella sparse tutto il seme della vera bellezza e delle vero valore, a cui non si dee agguagliare in niuna dote dell'animo, o del corpo, niuna donna presente od antica (se non vi s'agguagliasse nella favella dolce vieppiù, che non è nè miele, nè zucchero, nè manna quella antica, e faconda tanto, di cui ella n'ha il nome) avesse avuto da me la sentenza, e il giudicio in favore, nondimeno l'altre le sarebbero sì state vicine nel pregio d'amendue le bellezze, che la differenza sarebbe stata anzi poca, che no fra loro. E per dire della mia tanto bella quanto onesta Toronda (delle tre restanti divine più nel vero, che mortali donne in apparenza non mi ponendo ora a favellare) quale altra in tutte quelle parti, che la donna perfettissima hanno stampata, le si potrebbe con ragione non dirò porre innanzi, ma pur appressare, non che anco pareggiare?

Ora restami a dire, Monsignore mio onorato, che se vi parrà in queste mie tre notti, in questo mio sogno, e, per dire quel che più mi piace, in questa mia bella donna quale ella si è, ch'io non aggia osservato il decoro in tutto, e ch'io aggia ben sovente replicato quella voce, signore, massime ne' primi dui libri, avendo potuto porre la prima lettera de' nomi de' gentiluomini in quella vece loro significante, e finalmente ch'io aggia qualche cosa per inavvertenza lasciato, e dormito un poco, non vogliate perciò meco isdegnarvi, e cessare di difendere l'onore mio contra qualunque li si venisse (il che non posso non temere) ad opporre, e farlisi allo 'ncontro, che quale mi è venuto di potere vederlo, tale mi ha piaciuto, nulla aggiugnendo, nulla diminuendo, e nulla cangiando, di mandare e di spiegare in carte, e poi a voi consacrare e dedicare questo mio giocondo e dilettevole sogno.

Addio.

FINE